UNBREAKABLE
UNZERBRECHLICH

UNBREAKABLE
UNZERBRECHLICH

BIST DU BEREIT FÜR DIE WAHRHEIT?

ROMAN VON ANDY GREEN

NACH DEM DREHBUCH VON
M. NIGHT SHYAMALAN

BSV
Burgschmiet Verlag

Die Deutsche Bibliothek – CIP-Einheitsaufnahme
Ein Titelsatz für diese Publikation ist bei der Deutschen Bibliothek erhältlich.

ISBN 3-933731-57-7 – 1. Auflage 2001

Burgschmietstr. 2-4, 90419 Nürnberg

Covergestaltung: Katharina Hitz
Satz: Reiner Swientek Fotosatz

PRINTED IN GERMANY

PROLOG

1961
Harper's Department Store, Philadephia

Erschöpft lag die schwarze Frau da. Ihre durchgeschwitzten Kleider hafteten wie eine zweite Haut am Körper, Strähnen des schwarzen Haares klebten an ihrer Stirn. Notdürftig waren Bänkchen und Stühle zusammengestellt worden, um für sie ein Bett zu bauen. Noch immer atmete sie schwer, auch wenn der Atem jetzt leichter floss. Es war vorbei. Es war geschafft. Auf ihrer Brust lag ein blutiges Bündel, das unablässig schrie. Sie hielt es fest. Es war ihr Baby. Sie hatte es eben zu Welt gebracht.

Durch die halb geöffnete Tür des kleinen Raumes fiel der Blick der Frau auf einen mannshohen Spiegel, in dem sich Kleiderständer und -regale spiegelten. Da wurde sie sich bewusst, wo sie sich befand: in der Modeabteilung von Harper's Department Store. Gedämpfte Schritte auf weichem Teppichboden, Flüsterstimmen besorgter Verkäuferinnen, Blicke unter zusammengezogenen Augenbrauen. Sicherheitsleute murmelten in ihre Walkie-Talkies. Der Frau war die Unruhe, die sie verursacht hatte, egal. Ihr ging nur eine Frage durch den Kopf: Warum schrie ihr Baby so sehr? Wieso konnte sie als seine Mutter es nicht beruhigen?

Sie blickte wieder auf das blutige Bündel in ihrem Arm. Ihr war, als bohrten sich die Schreie des Säuglings unmittelbar in ihren Kopf. Noch nie in ihrem Leben hatte sie sich so hilflos gefühlt. Nicht einmal, als der Vater des Kindes verschwunden war. Wortlos. Einfach fort. Damals hatte sie keine Angst gehabt. Aber jetzt hatte sie Angst.

Die Tür ging auf, eine Verkäuferin brachte einen schwarzen Mann herein, der zwei Einkaufstüten bei sich trug. „Das ist Dr. Mathison", teilte die Verkäuferin mit, „er ist Arzt." Dr. Mathison war eigentlich nur zum Einkaufen hier gewesen, aber als er die Durchsage, dass ein Arzt benötigt werde, gehört hatte, hatte er sich sofort gemeldet. Er stellte seine Taschen ab und trat zu der Frau. „Wie geht es Ihnen?", fragte er.

Die schwarze Frau war zu schwach, um zu antworten. Sie nickte nur. „Ein Krankenwagen ist schon unterwegs", teilte die Verkäuferin mit, während Dr. Mathison sich herabbeugte, so nah, dass die Frau sein Rasierwasser mit Lavendelduft riechen konnte. „Hat es schon einen Namen?", fragte er und wies auf das in ein dunkelblaues Sweatshirt gewickelte Kind, dessen Schreien zwischenzeitlich zu einem steinerweichenden Wimmern geworden war.

Die Frau lächelte. Zum ersten Mal. Einen Namen. Ja, sie hatte einen Namen für ihr Kind. Schon lange. „Elijah", sagte sie. Wie der Prophet Gottes, der das Volk Israel gezwungen hatte, sich zu entscheiden: für oder gegen Gott. Sein Name sollte ihm eine Mahnung sein, denn jeder Mensch stand einmal vor dieser Entscheidung: für oder gegen das Gute. Elijah sollte dann ohne zu zaudern die richtige Wahl treffen.

Dr. Mathison streckte die Hände nach dem Kind aus. Die Frau hielt es ihm auf halbem Weg entgegen. Das Baby schrie wieder lauter. Wie unter Schmerzen. Der Arzt sah sich den Jungen lange an. Seine Blicke wirkten irgendwie besorgt. Deshalb zog auch die aufmerksam beobachtende Mutter des Kindes ihre Stirn in Falten. „Ist es normal, dass er so schreit?“, fragte sie.

Der Arzt, der sich neben ihr in die Hocke begeben hatte, legte sich das Kind auf den Schoß und wickelte es aus dem Sweatshirt. Er schien die Frage der Frau nicht gehört zu haben. Aber vielleicht hatte er sie auch gehört und wollte einfach nicht antworten. Nicht, bevor er nicht selbst eine Antwort darauf gefunden hatte, warum dieses Kind nicht aufhören wollte zu schreien. Die Furchen zwischen seinen Augenbrauen wurden tiefer, als er das schreiende Baby begutachtete. Er blickte nur kurz auf, sah die Mutter an. Doch dieser Blick fuhr wie ein Blitzschlag durch sie hindurch. Dann wandte sich Dr. Mathison an die Verkäuferinnen, die inzwischen lautlos hereingekommen und bei der Tür stehen geblieben waren.

„Wer von Ihnen war bei der Geburt dabei?“, fragte er. Seine Miene war ernst.

Die Frauen antworteten erst nicht, ein verunsicherter Blick lief reihum. Dann trat jene Verkäuferin, die Dr. Mathison hergebracht hatte, eine ältere Dame mit Dauerwelle, einen Schritt vor. „Wir waren alle drei dabei“, sagte sie.

„War irgendetwas… ungewöhnlich?“, wollte der Arzt wissen.

Wieder sahen sich die drei Frauen an, ehe die ältere antwortete: „Nichts. Es ging nur alles sehr schnell. Das Baby wollte einfach kommen, und es hat sich dabei ganz schön beeilt. Aber es gab keine Komplikationen.“

Das Gesicht des Arztes wurde noch düsterer. „Haben Sie ihn fallen lassen?“

„Bei Gott, nein!“, rief die Verkäuferin aus.

Die Mutter des Kindes verfolgte den Wortwechsel mit wachsender Unruhe. Wovon nur redete der Arzt? Wieso sah er so ernst aus? Was stimmte nicht mit ihrem Kind? Ihre Unruhe wurde zu Angst, ihre Angst zu Panik. Ihr war, als bekäme ihre Schädeldecke vom unablässigen Schreien ihres Kindes langsam Risse. „Was ist mit meinem Kind?“, fragte sie den Arzt.

Doch er schien sie nicht zu hören. Er schüttelte nur den Kopf, murmelte dabei etwas vor sich hin. Dann wandte er sich an die Verkäuferinnen. „Informieren Sie die Ambulanz, dass wir hier eine Eigentümlichkeit –“

„Was ist mit meinem Kind?“, unterbrach ihn die Mutter unter Tränen.

Dr. Mathison wandte sich um. Sein Gesicht war blass, ja, geradezu fahl. „Ich hab so was noch nie gesehen“, sagte er äußerst betroffen. „Wie es aussieht, hat ihr Kind sich im Uterus einige Brüche zugezogen. Seine Arme und Beine sind gebrochen.“

Die Mutter schrie auf.

1

Gegenwart

Langsam fuhr der Zug aus New York in den Bahnhof ein. Sein Ziel war Philadelphia. Wie Ameisen drängten sich die Menschen auf dem Bahnsteig. Männer in Anzügen, Frauen in Kostümen, andere in lässiger Kleidung, alte Menschen, junge Menschen, mit Taschen und Koffern. Die Rolltreppen schaufelten sie aus dem Untergrund herauf.

David Dunn kam das alles wie ein Film vor. Wie ein Film, in dem er nicht mitspielte. Er saß im Zug, hatte den Kopf gegen die Scheibe gelehnt und beobachtete das Gewimmel auf dem Bahnsteig. Nicht alle diese Menschen sahen glücklich aus, aber doch schienen alle etwas zu haben, und seien es nur Hoffnungen, Wünsche, Illusionen. Er hatte nicht einmal mehr Illusionen.

David Dunn setzte sich wieder aufrecht in seinen Sitz. Der Großraumwagen war höchstens halb voll, der Platz neben ihm leer. Er rieb sich mit der Hand den verspannten Nacken, lockerte dann den Krawattenknoten und öffnete den ersten Knopf seines Hemdes. Da fiel sein Blick auf die schwache, geisterhaft-durchsichtige Reflexion in der Scheibe. War er das? Dieser Mann mit dem fast kahlen Kopf und den traurigen meergrauen Augen? Dieser Mann, der sich in seinem Anzug so sichtlich unwohl fühlte? Vielleicht war er ja in Wirklichkeit dieser andere im Glas des Fensters und der, der im Zug saß, war die Spiegelung. Egal, der eine erschien David nicht realer zu sein wie der andere.

Neue Fahrgäste drängten herein. David nahm seinen Mantel vom Nachbarsitz und legte ihn auf seinen Schoß. Er glaubte sich danach zu sehnen, dass jemand sich zu ihm setzte, dass ein kleines Gespräch in Gang kam, nichts Tiefgründiges, nur der übliche Small Talk. Wie geht es Ihnen? Haben Sie Familie? Wo arbeiten Sie? Belanglose Fragen. Und doch geeignet dazu, ihm die Trostlosigkeit seines Lebens blitzlichtartig zu erhellen. Nein, ein etwaiger Gesprächspartner hätte die Wahrheit bestimmt nicht hören wollen. Aber was war die Wahrheit? Dass er Audrey liebte und trotzdem dabei war, sie zu verlieren, weil irgendetwas diese Liebe verschüttet hatte? Dass sein Sohn Joseph das Wichtigste in seinem Leben war und dass er trotzdem so ziemlich alles tat, damit er seinen Vater eines nicht allzu fernen Tages verachtete? Dass nichts von alledem ihm wirklich nahe ging, weil er nichts davon spürte? Weil er sich selbst und sein Leben nicht mehr spürte? Vielleicht noch nie gespürt hatte? Das alles hätte David sagen müssen, doch niemand würde es hören wollen. Und da wurde ihm klar, dass er eigentlich doch niemanden neben sich haben, sondern am liebsten alleine bleiben wollte. Plötzlich spürte David, wie jemand ihn ansah. Er blickte auf. Über der Lehne des Sitzes vor ihm hing ein sechs- oder siebenjähriges Mädchen und sah ihn aus himmelblauen Augen an. Doch ihr Blick war abwartend, ja sogar misstrauisch. David versuchte ein Lächeln. Das Mädchen zeigte keine Reaktion, sah ihn nur weiter mit diesem prüfenden Blick an. David hasste das Mädchen für diesen Blick, denn er lähmte ihn, machte ihn zum Außenseiter.

Müde legte David wieder die Schläfe an die kühle Fensterscheibe. Die Luft aus der Klimaanlage strich über seine Wange. Er schloss die Augen. Wünschte sich weit weg. Bloß wohin? Er konnte sich keinen Ort denken, an dem ihn nicht die gleiche Trostlosigkeit erwartet hätte. Die Trostlosigkeit war in ihm selbst.

Der Zug fuhr an. Das gleichförmige sanfte Rütteln, das monotone Murmeln der Räder wirkte beruhigend auf David. Er war kurz davor, in einen leichten Schlummer hinüberzudämmern, als er an seiner Seite eine weibliche Stimme vernahm. „Ist hier noch frei?"

David blickte auf, wandte den Kopf. Seine Augenlider waren noch immer schwer. Erst als er die junge Frau mit dem kastanienroten Haar und den großen dunklen Augen sah, wurde er mit einem Schlag hell wach. Sie hatte zwei Umhängetaschen über den Schultern und trug unter ihrem beigen Kurzmantel ein enges T-Shirt und eine Jeans. David nickte ihr zu, sagte aber nichts. Sie lächelte ihn kurz an, dann streckte sie sich, um ihre Taschen in der Gepäckablage zu verstauen. Dabei hob sich das T-Shirt und entblößte ihren Bauch. David sah das kleine Tatoo – eine Rose – und den Ring, den sie im Nabel trug. Plötzlich fuhr Leben in ihn. Fantasien entzündeten sich am Anblick der bildhübschen jungen Frau. Vielleicht war sie nicht in Philadelphia zu Hause, sondern stieg in einem Hotel ab. Sie würden miteinander flirten und sich am Abend wiedersehen. Später würde er mit ihr schlafen. Er wollte keine Affäre beginnen, das wäre ihm zu kompliziert gewesen; nur einen One-Night-Stand. Oder vielleicht würden sie es auch gleich hier im Zug machen, auf der Toilette. Ganz egal. Jedenfalls würde er das Leben wieder spüren. Rasch zog David sich den Ehering vom Finger und ließ ihn in die Tasche seines Jacketts gleiten.

Die Frau nahm neben ihm Platz. Ein unsicheres Lächeln. David wollte gerade etwas sagen, als das Donnern eines entgegenkommenden Zuges ihm ins Wort fiel. Sekunden später war es wieder ruhig. David nahm die Zeitschriften, die vor ihm in einem Netz steckten, und hielt sie der Rothaarigen hin. Es waren eine *Vogue* und eine *Cosmopolitan* darunter. Aber sie griff ohne zu zögern nach der *Sports Illustrated.*

„Sie mögen Sport?“, fragte David überrascht.

„Das ist mein Spezialgebiet“, erwiderte die Frau. „Ich vertrete Sportler. Ich bin Agentin.“

David zog interessiert die Brauen hoch. „Suchen Sie zufällig einen männlichen Synchronschwimmer?“, fragte er. „Ich denke nämlich darüber nach, es damit zu versuchen.“ Die Frau lächelte. „Was Sie nicht sagen.“

„Allerdings bin ich ziemlich wasserscheu“, grinste David. „Glauben Sie, das könnte ein Problem werden?“

Die Frau lachte. Ein unerwartet tiefes, gutturales Lachen, das David sofort gefiel. Er spürte, dass er sie begehrte. Seit langem hatte er niemanden mehr begehrt.

„Vertreten Sie irgendwen in Philadelphia?“, wollte er nun wissen, obwohl ihn eigentlich etwas ganz anderes interessierte.

„Ich treffe mich mit einem Spieler von der Temple University“, erklärte die Frau. „Er spielt Cornerback. Dieser Junge ist eins sechsundachtzig groß und hat fünfundneunzig Kilo. Er läuft fünfzig Meter in fünf Komma neun Sekunden. Er ist ein junger Gott. Mögen Sie Football?“

„Eigentlich nicht.“

Wieder zerriss ein vorbeifahrender Zug das Gespräch. Die Frau wandte sich der Zeitschrift zu. David betrachtete ihre zarten, zerbrechlich wirkenden Handgelenke. Und dachte an die Zeit, als er selbst Footballspieler hatte werden wollen. Aber das war lange her. So lange, dass er sich manchmal fragte, ob es wirklich so gewesen war.

„Ich bin David Dunn", stellte David sich vor, nachdem der entgegenkommende Zug vorüber war.

Die Frau blickte auf und sah ihn an. Ihr Augenbrauen wurden eine Spur enger, die Augen schmaler. Sie war auf der Hut, antwortete knapp: „Kelly", und wandte sich wieder dem Magazin zu.

David wartete einen Augenblick. Er fühlte sich unsicher. Sollte er weitergehen? Den nächsten Schritt tun? Wollte er es überhaupt? Etwas von seinem Begehren war bereits verpufft. Vielleicht hatte er sich nur etwas vorgemacht. Vielleicht wollte er Kelly gar nicht. Aber wieso sollte er sie nicht wollen? Sie war eine wundervolle Frau. Und er war schließlich ein Mann – einer, der schon verdammt lange mit keiner Frau mehr geschlafen hatte. Er musste sie einfach wollen!

„Wie lange bleiben Sie in Philadelphia?", fragte er. Es sollte beiläufig klingen, ganz nach Small Talk, vielleicht sogar wie eine Verlegenheitsfrage, um das Gespräch aufrecht zu erhalten, mit dem Reisende sich eben zuweilen die Zeit verkürzten. Aber David wusste, dass es nicht danach klang. Die Frage klang genau so, wie sie gemeint war. Und Kelly verstand sie auch vollommen richtig. Sie blickte auf, sah David einen langen Moment an. Sie schien sich nicht im Klaren darüber, ob sie empört sein sollte. Offenbar entschied sie sich dagegen, vielleicht wegen der

Sanfheit seiner Augen, und sagte in einem milden Ton: „Ich bin verheiratet."

David zuckte unmerklich zusammen. „Das ist ja großartig", sagte er mit gespielter Begeisterung.

Aber er konnte Kelly nicht täuschen. Er wusste selbst, dass er ein ziemlich schlechter Lügner war. „Es tut mir Leid", sagte sie.

„Was meinen Sie damit?", gab er sich unwissend. Peinlich-klammes Schweigen entstand, in dem David durch sein Mienenspiel vorgab, er begreife erst jetzt. „Es ist nicht so, wie Sie denken", sagte er schwach.

Kelly blickte nieder auf ihre Zeitschrift. David beobachtete, wie sie zwischen zwei Möglichkeiten schwankte: hier zu bleiben und die unangenehme Situation auszusitzen oder aufzustehen und ihn damit gänzlich vor den Kopf zu stoßen. Sie entschied sich für Letzteres. „Ich setze mich woanders hin", sagte sie. Sie streckte sich und holte ihr Gepäck aus der Ablage. David sah noch einmal auf die tätowierte Rose. Er wollte noch etwas sagen, aber seine Kehle war wie zugeschnürt. Kelly verschwand, ohne ihn noch einmal anzusehen.

Benommen blieb David zurück. Ihm war, als beobachte ihn die ganze Welt, um sich an seiner Schande zu weiden. Aber da bemerkte er, dass es nur die blauen Augen des kleinen Mädchens vor ihm waren. Sein Blick zuckte weg. Er lehnte seinen Kopf wieder gegen die Scheibe. Flirrend zog die Landschaft vorüber. Seine Hand fasste in die Tasche seines Jacketts und holte den Ehering heraus. Er steckte ihn sich wieder an den Finger. Dann schloss er die Augen.

Irgendwie fühlte er jetzt Erleichterung darüber, dass Kelly ihn abgewiesen hatte. Er hatte es eigentlich gar nicht gewollt. Etwas hatte ihn dazu getrieben, aber das waren nicht Begehren, Verlangen, Sehnsucht gewesen, sondern schiere Verzweiflung. Er wusste, dass irgendetwas in seinem Leben geschehen musste, denn so konnte es nicht weitergehen. Aber eine kurze Leidenschaft war es sicher nicht. Vielmehr musste es ein Erlebnis von geradezu umstürzender Bedeutung und Tiefe sein, etwas, das all die losen Enden zusammenknüpfte, das allem einen Sinn gab. Doch er hatte nicht die geringste Ahnung, was das hätte sein und wohin es ihn hätte führen können.

Plötzlich schlug David die Augen auf. Etwas hatte sich verändert. Das Summen der Räder klang schriller, hektischer, irgendwie aggressiver. Der Zug beschleunigte. David blickte sich im Abteil um. Auch die anderen Fahrgäste schienen die Veränderung bemerkt zu haben. Unsichere, fragende Blicke zuckten durch das Abteil. Ein Schaffner hetzte zwischen den Sitzreihen hindurch, ließ sich aber von keinen neugierigen Fragen aufhalten. David sah nach vorne, dorthin, wo eben noch das kleine Mädchen gewesen war. Es war fort.

Die Blicke der Fahrgäste wurden unruhiger, die Gesichter angespannter, verzerrter. Was war hier los? Da sah David aus dem Fenster. Die Landschaft verschwand. Als würde sie nach unten weggezogen. Gleichzeitig ließ ein lautes Knirschen die Luft vibrieren. Er hatte das Gefühl, den Halt zu verlieren und packte reflexartig die Lehne des Sitzes vor ihm. Dann ein gewaltiger Rumms. Entsetzte, angsterfüllte Schreie gellten auf. Menschen wurden durch den Raum geschleudert. Das alles geschah innerhalb weniger Sekunden. Zeit genug, um zu begreifen, dass etwas Fürchterliches passierte.

2

Für Joseph war es ein Nachmittag wie jeder andere. Abgesehen davon, dass die letzten beiden Schulstunden ausgefallen waren, weshalb er schon seit Mittag zu Hause war. Seine Mutter arbeitete noch und würde nicht vor fünf Uhr heimkommen, sein Daddy war bei einem Vorstellungsgespräch in New York. Eigentlich die besten Voraussetzungen, einen ungezwungenen Nachmittag zu verbringen. Aber irgendwie hatte er keine Lust auf all die Dinge, auf die er ganz bestimmt Lust gehabt hätte, wenn er noch in der Schule gewesen wäre. Deshalb lümmelte er sich nur gelangweilt auf dem Sofa herum und zappte durch die Programme.

Vielleicht hatte Joseph ja auch deshalb auf nichts Lust, weil etwas ihn beschäftigte. Die Sache mit dem Vorstellungsgespräch seines Vaters in New York. Wenn Daddy den Job bekam, würde er aus Philadelphia wegziehen. Er würde sie verlassen. Sein Daddy und seine Mum verstanden sich nicht mehr so wie früher. Sie schliefen nicht einmal mehr im selben Zimmer. Mum hatte sich im Gästezimmer einquartiert. Sie war mit irgendwas an Daddy unzufrieden. Was es genau war, wusste Joseph auch nicht. Sein Vater war schwer zu durchschauen, kein Mensch wusste, was er wirklich wollte.

Das Fernsehprogramm war ziemlich öde. Vielleicht wurde es ja besser, wenn man es verkehrt herum betrachtete. Joseph machte auf dem Sofa einen Kopfstand.

Tatsächlich! So herum sah alles viel lustiger aus. Und doch wollte sich keine Heiterkeit in ihm einstellen. Während er weiter durchs Programm schaltete und die Fernsehbilder – Nachrichten, Talkshows, Zeichentrickfilme, Seifenopern – an ihm vorüberwischten, musste er wieder an seine Eltern denken. Sie versuchten krampfhaft vor ihm zu verbergen, wie es zwischen ihnen stand. Aber auch wenn er jetzt auf dem Kopf stand, war er noch lange nicht auf den Kopf gefallen. Er hatte schon lange gemerkt, dass seine Eltern kaum noch miteinander redeten und sich überhaupt aus dem Weg gingen. Wenn sie aber miteinander redeten, dann fingen sie über kurz oder lang an, sich zu streiten. Seiner Mutter gefiel zum Beispiel der Job seines Vaters nicht. Er war bei der Security im Football Stadion. Eigentlich ein Spitzenjob, fand Joseph, denn sein Daddy bekam immer Freikarten. Außerdem war es einfach cool, wie er mit seiner Uniform, Walkie-Talkie und einer Kanone im Holster durch die Gänge des Stadions marschierte. Fast wie ein moderner Westernheld. Aber seine Mutter interessierte sich nicht für Football. Wahrscheinlich hasste sie es sogar. Sie wollte, dass Daddy einen völlig uncoolen Bürojob annahm, so wie die Väter der meisten seiner Freunde. Joseph konnte sich seinen Vater in keinem solchen Job denken. Für ihn war er etwas Besonderes.

Plötzlich wurde Josephs Aufmerksamkeit von etwas im Fernsehen gefangen genommen. Verkeilte, verbogene, ineinandergeschobene Zugwaggons. So was hatte er bisher nur in Katastrophenfilmen gesehen. Aber das hier war kein Katastrophenfilm, sondern eine Nachrichtensendung. Hektisch kommentierte ein Reporter von einem Hubschrauber aus diese Bilder. Joseph ließ sich auf den Teppich fallen, tauchte hinter dem Couchtisch auf und strich sich die braunen Strähnen aus den Augen. Ein Ticker lief durch das Bild mit der immer gleichen Botschaft: „15-Uhr-40-Eastrail-Zug 177 von New York nach Philadelphia entgleist! Notrufnummer: 1-800-656-142."

Joseph lief zum Telefon. An der darüber aufgehängten Pinwand hing ein Zettel, auf dem stand in der Handschrift seiner Mutter: „David – Eastrail 177 – 15 Uhr 40". Joseph sah wieder auf den Bildschirm. Sein Magen krampfte sich zusammen. Seine Kehle entwand sich ein erstickter Schrei.

In den gleichen Minuten befand sich Josephs Mutter Audrey Dunn im städtischen Reha-Zentrum, wo eine Reihe von Leuten an Geräten trainierten. Audrey beaufsichtigte gerade eine älteren Dame, die an einer Beinmaschine Übungen machte. Nachdenklich lehnte die braunhaarige, schlanke Frau an der Maschine. Aber sie war nicht ganz bei der Sache. Ihre Gedanken waren vielmehr bei ihrem Mann David. Hoffentlich läuft beim Vorstellungsgespräch alles glatt, dachte sie; er muss den Job unbedingt kriegen. Auch wenn es wieder eine Aufgabe im Sicherheitsdienst und nicht in einem Büro war, wie sie es sich gewünscht hätte. Aber wenigstens würde David dann während der Woche in New York wohnen, die Distanz würde ihnen gut tun, ganz zu schweigen von Joseph, der unter der Situation von allen am meisten litt.

„Reicht das, um jemanden in den Hintern zu treten?", fragte die ältere Frau nach einer Weile atemlos und stellte ihre Übungen, die sie sichtlich anstrengten, ein.

Audrey lächelte und sah nach, wie viel Gewicht aufgelegt war. „Also, wenn Sie mich fragen, Virginia", meinte die Physiotherapeutin dann, „dürfen Sie ruhig ein wenig kräftiger treten. Was meinen Sie? Sollten wir mal etwas mehr Gewicht probieren?“ Virginia schüttelte heftig den Kopf. Sie war zu sehr außer Atem, um zu sprechen. Aber Audrey ließ nicht locker. „Ich denke schon, dass Sie sich mehr zutrauen können“, drängte sie sanft. Erneut schüttelte Virginia den Kopf, diesmal noch viel heftiger. Aber Audrey hatte ebenfalls ihren Willen. Sie beugte sich hinter die Maschine und stellte mehr Gewicht ein. „Versuchen Sie es“, forderte sie Virginia dann auf. Doch Virginia blieb hartnäckig. Sie regte sich nicht, sagte auch nichts, sondern starrte nur vor sich hin und atmete tief. Audrey gab auf. „Na schön“, meinte sie, „Sie waren auch so nicht schlecht heute. Ich hole rasch Ihren Trainingsreport.“

Audrey wandte sich um und ging zum Büro. Doch nach ein paar Schritten blieb sie wie gebannt stehen. Sie sah zu den Fernsehgeräten hoch, die an einem Ende des Raumes hingen, um die Monotonie des Trainings für die Patienten aufzulockern. Ein schreckliches Bild ließ sie erstarren: ineinander verkeilte Zugwaggons, aus manchen von ihnen schlugen Flammen. „Für alle, die gerade zugeschaltet haben“, sagte ein Reporter in hektischem Ton, „Eastrail-Zug Nummer 177 ist kurz vor Philadelphia entgleist. Die Bergung der Opfer gestaltet sich als äußerst schwierig. Nicht nur, weil einige der Waggons noch brennen, sondern weil auch das Gelände ziemlich unzugänglich ist. Im Moment lässt sich nicht sagen, wie das Rettungspersonal zur Unfallstelle kommen soll. Beim Anblick dieser Bilder fragt man sich, ob überhaupt einer der Fahrgäste ein solches Desaster überleben konnte.“

Nachdem Audrey sich von ihrem ersten Schrecken erholt hatte, verließ sie das Reha-Zentrum und fuhr nach Hause. Sie fand ihren Sohn Joseph vor den Fernseher sitzend. Fassungslos sah er sich die Katastrophenbilder wieder und wieder an. Als seine Mutter das Haus betrat, brachte er kein Wort hervor. Audrey stürzte auf ihn zu, drückte ihn fest an sich. „Es wird alles gut“, sagte sie. „Daddy hat überlebt. Glaub mir! Ganz bestimmt! So lange man uns nichts anderes sagt, glauben wir daran.“ Doch sie traute ihren eigenen Worten nicht.

Audrey rief die im Fernsehen eingeblendete Hotline-Nummer von Eastrail an. Man teilte ihr mit, dass es ein paar Überlebende gegeben habe und dass diese ins städtische Krankenhaus von Philadelphia gebracht worden seien.

Der Wartesaal des Krankenhauses war überfüllt mit Angehörigen der Opfer, die auf Nachrichten warteten. Eine Stationsschwester hinter einem Tresen hatte alle Mühe, die aufgebrachten, verängstigten Gemüter wenigstens etwas zu beruhigen. „Wir haben noch keine Namen von Überlebenden“, teilte sie in sachlichem Tonfall mit. „Sobald wir etwas wissen, werden wir eine Durchsage machen. Bis dahin gedulden Sie sich bitte!“

Audrey kam gerade aus dem kleinen Laden, der sich in der Eingangshalle des Krankenhaus befand. Sie hatte beide Arme voll mit Tüten und Schachteln, die Leckereien enthielten, von denen sie wusste, dass Joseph sie gerne hatte. Es machte ihr Angst, wie apathisch ihr Sohn dasaß. Während der ganzen Fahrt hatte er kein einziges Wort gesprochen. Auch keine Träne vergossen. Einfach nichts. Sie wusste, wie sehr er an seinem Vater hing. Daddy war für ihn ein großer Held.

Audrey ließ sich auf den Plastikstuhl nieder und legte die Sachen, die sie besorgt hatte, auf ihren Schoß. Sie sah Joseph einen Augenblick an. Er schien nichts von dem, was ihn umgab, wahrzunehmen. „Ich hab diese Chips geholt, die du so gerne magst“, sagte sie und hielt ihm eine Tüte hin. Joseph reagierte nicht. „Und auch eine koffeinhaltige Cola“, versuchte sie es erneut. „Heute kannst du eine haben, aber nur ausnahmsweise.“ Joseph sah mit traurigen Augen vor sich hin. „Leider hatten sie diese Zuckerstangen nicht, die du so gerne hast. Ich hab dir diese hier mitgebracht. Vielleicht schmecken dir die ja auch.“ Auch darauf reagierte Joseph nicht. Er sank nur noch ein wenig tiefer in sich zusammen.

Audrey lehnte sich zurück. Die ganze Zeit schon machte sie sich Sorgen, wie Joseph damit fertig werden sollte, wenn sie die schlimmste aller Nachrichten erhalten würden. Wie sie selbst damit klarkommen sollte, wusste sie nicht. Zwischen ihr und David stimmte es schon seit langem nicht mehr. Keiner von ihnen wusste, was mit ihnen geschehen, wohin ihre Liebe gegangen war. Irgendwie liebten sie sich ja noch immer. Aber sie brachten es nicht mehr fertig, sich diese Liebe zu zeigen. Es war, als befände sich zwischen ihnen eine dicke Glasscheibe, die jeden Austausch unmöglich machte. Wäre Joseph nicht gewesen, hätten sie sich vermutlich schon lange getrennt.

„Mrs. Dunn“, klang es da aus einem Lautsprecher, „bitte kommen Sie zur Information!“

Erschrocken sahen Audrey und Joseph sich an. Audrey stand auf und ließ die Sachen, die sie gekauft hatte, auf den Stuhl fallen. Dann ging sie mit zittrigen Knien zur Information.

„Ich bin Mrs. Dunn“, sagte sie zur Krankenschwester. „Was ist mit meinem Mann?“

Die Schwester sah sie ernst an. Audrey machte sich auf das Schlimmste gefasst. „David Dunn“, sagte sie, „das ist doch Ihr Mann?“

„Ja, verdammt, was ist mit ihm?“, rief Audrey aus. Sie war kurz davor, die Fassung zu verlieren, denn die Spannung wurde unerträglich.

„Er lebt“, teilte die Krankenschwester dann mit. Doch in ihrem Blick war nicht nur ungeteilte Freude, sondern noch etwas anderes, das Audrey nicht zu deuten wusste. Es schien jedenfalls, als habe sie nicht alles gesagt. Was war mit David los?

Blinzelnd schlug David die Augen auf. Das grelle Licht einer Neonröhre über ihm blendete ihn. Gleichzeitig versuchte er, sich daran zu erinnern, was passiert war. Bilder zuckten vor ihm auf, Töne hallten durch seinen Kopf. Das Gesicht eines Mädchens, das über die Rückenlehne blickte. Eine Frau neben ihm. Kelly. Sie hatte eine weiche Stimme gehabt. Dann Schreie. Ein Stoß. Feuer. Qualm. Ein Albtraum.

Oder doch die Wirklichkeit? David blickte sich um. Er war in der Notaufnahme eines Krankenhauses. Um ihn herum standen ein paar leere Betten, auf der anderen Seite ein zugezogener Vorhang. Jetzt wusste er es wieder. Es hatte ein Zugunglück gegeben. Er war auf dem Weg von New York nach Philadelphia gewesen, als der Zug entgleiste.

Von nebenan hörte er das Wimmern eines Mannes und murmelnde Stimmen. David verließ das Bett, trat zum Vorhang und zog ihn einen Spalt weit auseinander.

Eine Gruppe von Ärzten besprach sich über dem Bett eines Verletzten hinweg. Sein Kopf sah aus wie eine eingedrückte Melone.

Einer der Ärzte bemerkte David. Er löste sich aus der Gruppe, kam herüber und zog den Vorhang hinter sich zu. Dr. Jenkins, las David auf seinem Namensschild. Mit einer Handbewegung bat Dr. Jenkins ihn, auf dem Bett Platz zu nehmen. Dann holte er eine Akte hervor. „Sie befinden sich in der Notaufnahme des Philadelphia City Hospital", teilte er gleichzeitig mit. „Sie waren in einen schweren Unfall verwickelt." Seine Augen suchten David auf eine auffällige Weise ab, ehe er fragte: „Wie fühlen Sie sich?"

„Ganz gut", sagte David. Seine Stimme klang unsicher. Im Verhalten des Arztes war etwas Eigenartiges, das er nicht zu deuten vermochte.

„Ich werde Ihnen jetzt eine Reihe von Fragen stellen", sagte dieser nun und schlug den Aktenhefter in seiner Hand auf. „Hatten Sie in der Vergangenheit jemals Probleme mit dem Herzen? Oder Asthma?"

„Nein."

„Wie sieht's mit den Nieren aus? Irgendwas Ungewöhnliches?"

„Nichts."

„Vielleicht Allergien?"

David schüttelte den Kopf. Aus dem Wimmern von nebenan war ein Schreien geworden. Der Mann hatte ganz offensichtlich heftige Schmerzen. Nach einer Weile ließen die Schreie wieder nach. Ein Schmerzmittel schien seine Wirkung zu tun.

„Wo haben Sie im Zug gesessen?", fragte Dr. Jenkins unterdessen weiter.

„Am Fenster“, teilte David mit. Diese Situation, die ganze Szenerie kam ihm zunehmend irreal vor.

„Im Großraumwagen?“

„Ja.“ David rutschte von der Bettkante und blickte sich um. „Wo sind die anderen Passagiere?“

Dr. Jenkins ging auf seine Frage nicht ein. „War Ihre Familie bei Ihnen oder waren Sie alleine unterwegs.“

„Ich war alleine.“

David ging zum Vorhang, hinter dem der Mann mit dem zerschmetterten Schädel lag und spähte wieder durch einen Spalt hindurch. Die Ärzte berieten immer noch. Ihre Blicke aber ließen keinen Zweifel aufkommen, dass sie für den Mann keine Rettung sahen.

„Sind Sie ganz sicher, dass Sie im Großraumwagen waren?“, fragte Dr. Jenkins währenddessen nach.

David wandte sich zu ihm um. „Ja“, sagte er. Er trat einen Schritt auf den Mann im weißen Kittel zu. „Sagen Sie mir eins, Dr. Jenkins“, meinte er dann, „warum sehen Sie mich die ganze Zeit auf diese sonderbare Weise an?“

Dr. Jenkins trat einen Schritt zurück, so als sei ihm diese Nähe zu David unheimlich. „Ihr Zug ist entgleist“, sagte er dann, „die Ursache ist noch nicht ganz klar. Sicher ist nur, dass der Zug viel zu schnell in eine Kurve gefahren ist. Ein zweiter Zug ist voll in den entgleisten Zug hineingefahren. Im Umkreis von einer Meile wurden Trümmer gefunden. Bis jetzt hat man nur zwei Überlebende gefunden. Sie und ihn.“ Er wies mit einer Kopfbewegung auf den Mann jenseits des Vorhanges. „Der Schädel des Mannes zerbrach wie eine Nussschale, seine linke Gehirnhälfte wurde völlig zerquetscht.“ Nun trat der Arzt auf David zu. Er hatte ihn bisher nicht aus den Augen gelassen. Jetzt sah er ihn geradezu bohrend an und sagte: „Um also Ihre Frage zu beantworten: Es gibt zwei Gründe, warum ich Sie so ansehe.“ Davids Augen weiteten sich. Während Dr. Jenkins weitersprach, bekam er plötzlich am ganzen Körper eine Gänsehaut. „Erstens“, sagte der Mediziner, „es sieht so aus, dass sie in ein paar Minuten als der einzige Überlebende dieses Zugunglücks gelten werden.“ Er machte eine kurze Pause. „Und zweitens, weil sie sich nicht den kleinsten Knochen gebrochen haben. Ja, sie haben noch nicht einmal einen Kratzer abbekommen.“

Die Blicke der beiden Männer durchdrangen sich. In Davids Augen lag kindliche Ratlosigkeit. Sein Unbehagen war noch weit größer als das von Dr. Jenkins. Plötzlich wollte er nur noch eins: Raus hier. Verfolgt von den Blicken des Arztes wankte er zur Tür. Draußen tat sich ein langer weißer Gang auf, auf dem Menschen in weißen Kitteln hektisch hin und her liefen. Als sie David sahen, blieben sie kurz stehen und sahen ihn an wie einen Geist.

David betrat den Fahrstuhl. Die blankpolierten Wände aus Stahl reflektierten schemenhaft sein Spiegelbild. Ein leises Summen war in der Luft, von dem David schon bald nicht mehr wusste, ob er es wirklich hörte, oder ob es in Wahrheit nicht in seinem Kopf war. Unten angekommen, zerteilte sich die Tür. Davids Atem setzte aus. Vor ihm tat sich eine Wand aus Menschen auf, die sich nun alle nach ihm umwandten. Langsam, bedächtig Fuß vor Fuß setzend, schritt er auf sie zu. Ihre Gesichter waren von Schmerz gezeichnet, die Augen rot und geschwollen vom Weinen. David war, als wollten ihre Blicke ihm sagen: Du hast kein Recht zu leben, wenn alle anderen gestorben sind. Und David fand, dass dies stimmte; er hatte wirklich kein Recht darauf. Er konnte seine unglaubliche Rettung noch nicht einmal als eine Gnade empfinden. Sie war in diesem Moment eher eine Belastung für ihn, etwas, das ihn noch weiter von der Welt und von sich selbst entfremdete.

Da erblickte David Joseph. Mit freudestrahlenden Blicken und geröteten Wangen kam er auf ihn zugelaufen. „Daddy!", rief er überschwenglich, „Daddy!" Wenig später hing er an seinem Vater, die Arme umklammerten dessen Hüften so fest, dass es schien, als wolle er ihn nie mehr loslassen. David streichelte ihm übers Haar.

Langsam kam auch Audrey näher. In ihren Augen standen Tränen. Sie schien noch nicht glauben zu wollen, dass er es wirklich war. Jedenfalls lag auf ihrem Gesicht noch immer fahles Grau. Trotzdem wurde David in diesem Moment auf schmerzliche Weise bewusst, wie schön sie war. Er glaubte sogar seine Liebe wieder zu spüren, wenn auch nur für einen Augenblick. Audrey blieb zwei Schritte vor ihm stehen und sah ihn einfach nur an. Erleichtert, aber irgendwie auch vorwurfsvoll. Was wirst du uns, was wirst du mir noch alles antun?, schien sie zu fragen. Dann eine kurze, verlegene Umarmung, die die Spannung nicht löste, den beiden dafür aber deutlich machte, wie lange sie sich schon nicht mehr berührt hatten.

Alle starrten die beiden an. David hatte noch immer dieses Summen in den Ohren. Es war eigentlich das einzige, was er hörte. Von Sekunde zu Sekunde erschien ihm die ganze Szenerie gespenstischer.

Joseph nahm die Hände seiner Eltern und legte sie ineinander. So gingen sie zum Ausgang des Krankenhauses, wo eine Traube von Reportern wartete. Kaum aber schaute der Junge weg, da entglitten sich die Hände wieder. Zusammen und doch jeder für sich gingen David und Audrey weiter.

Kaum hatten sich die automatischen Türen aufgeschoben, ergoss sich ein grelles Blitzlichtgewitter über David und seine Familie. Kameraaugen starrten ihn mit leeren Blicken an. Fragen schwirrten ihm um den Kopf. Er konnte nur ein paar unzusammenhängende Worte stottern. Das Gedränge verschlug ihm den Atem. Ihm war, als versinke er in einem Morast, als schlüge eine zähe schwarze Masse über ihm zusammen. Er wollte weg, möglichst weit weg.

Am Abend desselben Tages saß David alleine am Esstisch in der Küche und aß aufgewärmte Pasta. Um ihn herum ohrenbetäubende Stille. Das Summen des Kühlschranks, an dessen Tür Erinnerungszettel mit Magnetknöpfen befestigt waren. Von draußen hörte man ab und zu ein Auto vorbeifahren. Alles kam David weit weg vor. Die ganze Welt erschien ihm unbenutzt und in Schaumstoff eingepackt.

David hielt plötzlich in seinen Kaubewegungen inne und betrachtete seine Hand. In ihrer Unversehrtheit lag ein eigenartiger Schrecken für ihn, der sich noch vergrößern sollte, als er die Hand umdrehte und auf sein Handgelenk sah. Seine Armbanduhr war zerbrochen, regelrecht zerquetscht.

Augenblicklich befiel David eine heftige Übelkeit. Er würgte den Bissen in seinem Mund noch hinunter und schüttete den Rest seines Essens in den Abfall. Sein Mund fühlte sich ausgetrocknet und rau an. Er trank ein Glas Wasser. Dann verließ er die Küche.

Mit müden Schritten stieg er die Holztreppe zu seinem Schlafzimmer hinauf. Da bemerkte er Audrey unten an der Treppe. Die Tür zum Gästezimmer stand halb offen, von drinnen fiel ein warmer Lichtschein in die Dunkelheit des Flurs.

„Wie ist es in New York gelaufen?", wollte sie wissen.

David sah sie an. Die Kälte in ihren Augen ließ ihn frösteln. Aber er machte ihr keinen Vorwurf. Wahrscheinlich hätte sie die Entscheidung, die sie getroffen hatte, schon viel früher treffen sollen.

David atmete schwer und sagte dann: „Glaub nicht, dass ich den Job krieg." Audreys Augen verengten sich etwas, zwischen ihren dünnen schwarzen Augenbrauen entstand eine tiefe Furche. David spürte einen dumpfen Schmerz im Bauch. „Keine Angst, mein Umzug nach New York wird trotzdem stattfinden", beruhigte er sie. „Vielleicht nicht gerade jetzt."

Audrey schluckte. Das Ganze fiel ihr nicht leicht. Es war auch nicht ihretwegen. Sie dachte nur an Joseph. Für den Jungen war diese unklare Situation nur schwer zu ertragen. „Wir sollten es nicht zu sehr in die Länge ziehen", sagte sie.

David nickte. Sie hatte Recht. Wie immer.

„Gute Nacht", sagte Audrey. Es klang versöhnlich. Sie wollte ihm nicht wehtun.

„Gute Nacht."

David setzte seinen Weg fort. Er hörte, wie die Tür zum Gästezimmer zuging, der Lichtschein verschwand. Als David wenig später das Licht in seinem Schlafzimmer anknipste, fand er Joseph in seinem Bett vor. Aus großen, erwartungsvollen Augen sah er ihn an. Joseph sah noch immer etwas Besonderes in ihm. Durch diese Erwartungen fühlte David sich erst recht zum Versager gestempelt, denn er wusste, dass er nicht einmal die kleinste davon würde erfüllen können.

„Wieso gehst du nicht zu deiner Mutter und schläfst bei ihr?“, fragte er seinen Sohn.

„Ich möchte heute bei dir schlafen“, entgegnete Joseph und schloss demonstrativ die Augen.

David setzte sich auf die Bettkannte. „Versteh mich nicht falsch, aber ich möchte heute gerne alleine sein. War ein ziemlich … anstrengender Tag.“

„Ich bin ganz still“, verprach David, noch immer mit geschlossenen Augen.

„Wieso gehst du nicht in dein eigenes Zimmer? Wenn dir irgendetwas Angst macht, kannst du sofort zu mir kommen. Was hältst du davon? – Joseph?“

Joseph antwortete nicht. Die Gleichförmigkeit seines Atems verriet, dass er eingeschlafen war. David rieb sich die Stirn und stand auf. Dann schaltete er den kleinen Fernseher ein, der auf einer Kommode stand und drehte den Ton herunter, damit Joseph nicht aufwachte.

David ging ins Bad, zog sich aus und stellte sich unter die Dusche. Durch die Tür, die er einen Spalt weit offen gelassen hatte, sah er den Fernseher. Als ein Bericht über das Zugunglück kam, drehte er das Wasser ab und lauschte auf die Worte des Reporters: „Der Zug ist ungefähr siebeneinhalb Meilen vor Philadelphia entgleist. Er kippte auf die Gleise, die nordwärts führen. Fachleute gehen davon aus, dass einige, wenn nicht sogar die meisten Fahrgäste zu diesem Zeitpunkt noch lebten. Doch dieser Zustand dauerte nur Sekunden.“

Blitzlichtartig stiegen Bilder vor Joseph auf. Durcheinandergeschleuderte Menschen. Er hörte ihre Schreie.

Die Welt schien Kopf zu stehen. Das Mädchen, das vor ihm gesessen und ihn angesehen hatte, lag mit gebrochenem Arm und einer Platzwunde am Kopf da. Das war das letzte, woran David sich erinnern konnte.

„Sekunden nach dem Entgleisen des Personenzugs kam ein Güterzug, der nach Boston unterwegs war. Der Zusammenstoß erfolgte ungefähr um fünfzehn Uhr fünfzehn. Der erste der beiden Personenwaggons wurde in der Mitte auseinander gerissen. Die Bruchteile wurden in zwei Richtungen geschleudert. Der zweite Waggon wurde voll getroffen und fast hundertfünfzig Meter mitgeschleift. Auf dem Güterzug befanden sich sechs Personen, auf dem Personenzug einhundertneunzehn Fahrgäste und sieben Angestellte. Wie es heißt, gab es nur einen Überlebenden. Die Überreste des Zuges werden ins Depot der Eastrail gebracht, wo man am Montag damit beginnen will, die Ursache des Unglücks zu untersuchen. Rettungsteams werden ungefähr noch achtundvierzig Stunden brauchen, um an der Unfallstelle die Leichen zu bergen."

Davids Hals war wie zugeschnürt. Er glaubte, ersticken zu müssen. Sein Blick fiel auf Joseph, der friedlich schlafend im Bett lag. Er stieg aus der Dusche und zog die Badezimmertür zu. Dann kehrte er zurück, drehte das Wasser auf und kauerte sich in der Duschwanne zusammen. Das heiße Wasser ergoss sich über ihn und hüllte ihn gänzlich ein. Er vergrub sein Gesicht in den Händen. Immer wieder sah er die Bilder vom Unfall vor sich; hörte er die Schreie. Dann musste er an Joseph denken. An Audrey. An die verfahrene Situation, in die sie geraten waren, ohne dass man jemandem die Schuld hätte geben können. Plötzlich wurde sein Körper von einem Schütteln erfasst, das rasch heftiger und von einem Schluchzen begleitet wurde. Tränen rannen über seine Wangen. Geradezu überrascht stellte David fest, dass er weinte. Schon seit Jahren hatte er nicht mehr geweint. Es verschaffte ihm wenigstens für den Moment etwas Erleichterung.

3

1969

Ein diesiger Spätsommertag neigte sich seinem Ende entgegen. Auf dem weiträumigen Parkplatz einer High School in einem Vorort von Philadelphia hatte sich ein kleiner Jahrmarkt mit Buden und Fahrgeschäften niedergelassen. Schon von weitem konnte man das Hupen, Pfeifen, Trillern und das Gekreische der Kinder hören. Je näher man kam, desto deutlicher roch man die gebrannten Maronen, die glasierten Äpfel, die Hot Dogs.

Mrs. Price, eine selbstbewusste schwarze Frau, stand mit ihrem Sohn Elijah in einer langen Schlange vor dem Toilettenhäuschen. Schon seit über zwei Stunden hielten sie sich auf dem Rummelplatz auf. Der achtjährige Junge konnte kaum genug kriegen von den bunten Buden und den Fahrgeschäften, und seine Mutter konnte nicht genug kriegen von seinem Lachen und seinen glänzenden Augen. An den Schieß- und Losbuden hatten sie schon eine stattliche Zahl von Stofftieren ergattert: einen Dinosaurier, einen Bären und einen Tiger aus weichem Plüsch. Dazu eine Laserpistole aus Plastik, die er um den Hals trug.

Elijah war ein in jeder Hinsicht außergewöhnlicher Junge. Er war ziemlich mager und trug Metallstützen an beiden Beinen, die bei jedem Schritt unüberhörbar klickten. Doch nicht das machte seine Besonderheit aus. Es war vielmehr dieses geradezu ätherisch anmutende

Gesicht mit den feinen Zügen und der Intensität der großen schwarzen Augen, denen man ohne weiteres zugetraut hätte, alles wie Glas zu durchdringen.

Die Stofftiere unter den Arm geklemmt, stand Elijah neben seiner Mutter. Seine Blicke hingen an den Fahrgeschäften, von denen aufgeregte Kinderschreie und das Tröten von Hupen herüberdrangen. Zu gerne wäre er auch einmal mitgefahren. Doch seine Mutter war viel zu besorgt um ihn, um ihm das zu gestatten. Seine Gedanken waren wohl nur allzu deutlich in seinem Gesicht zu lesen, denn Mrs. Price streichelte ihrem Jungen tröstend über das Haar und sagte: „Als nächstes versuchen wir das Spiel mit den Wasserpistolen."

In diesem Moment ging die Tür des Toilettenhäuschens auf. Mrs. Price trat gleich darauf ein und ließ Elijah alleine zurück. Die wartenden Frauen in der Schlange sahen ihn mit unverholener Neugierde an. Die Stützen an seinen Beinen erweckten ihre Aufmerksamkeit. Vermutlich fragten sie sich, wofür sie gut waren. In manch einem Blick las Elijah sogar Mitleid. Das war für ihn das Schlimmste. Er entfernte sich ein paar Schritte, um den Blicken zu entgehen.

Da weckte das aufgeregte Schreien von Kinderstimmen seine Aufmerksamkeit. Wie es schien, hatten diese Kinder gerade eine Menge Spaß. Elijah überlegte einen Augenblick und sah zu dem Toilettenhäuschen, in dem seine Mutter verschwunden war. Bis sie herauskam, konnte er doch nachsehen, was es dort so Aufregendes gab.

Er machte sich auf und folgte den Stimmen. Bei jedem Schritt klickten die Stützen an seinen Beinen. Er hatte sich an das Geräusch gewöhnt und nahm es nicht mehr wahr. Doch die Leute sahen sich fragend nach ihm um. Schließlich erreichte er eine Traube von Teenagern, die vor einem Drehkreuz warteten. Ein Mann in einem rotblau gestreiften Mantel kontrollierte ihre Eintrittskarten und winkte einen nach dem anderen durch. Darüber hing ein Schild, auf dem ein Wirbelsturm aufgemalt und daneben „Der dunkle Zyklon“ zu lesen war.

Die Jugendlichen, die durchgelassen worden waren, stürmten auf kleine tassenförmige Gefährte zu, die mit Metallbügeln verschlossen wurden. Nachdem der Mann in dem gestreiften Mantel alle eingelassen hatte, wandte er sich um und stiefelte davon.

Elijah trat näher. Noch einmal las er die Schrift auf dem Schild, sah dann in die erwartungsvollen Gesichter der Jugendlichen. Die Versuchung wurde unwiderstehlich. Er wollte einmal erleben, wie es war, wollte einmal nicht am Rand stehen und zusehen, sondern dabei sein. Der Entschluss war gefasst. Elijah blickte sich rasch um. Als er den Mann mit dem gestreiften Mantel nicht sah, duckte er sich unter der Absperrung durch, kletterte zur Plattform hinauf und hastete auf eines der tassenförmigen Gefährte zu. Er sprang hinein und ließ den Metallbügel herunterfallen.

Elijah sah sich nach allen Seiten um. Die erwartungsvolle Vorfreude auf den Gesichtern der Kinder steckte ihn an und ließ seine Augen glänzen. Gleich würde er zusammen mit den anderen etwas Wundervolles erleben. Er würde zu ihnen gehören, für wenige Minuten würde er sich glauben machen, er sei wie sie.

Seine Hände lagen auf dem kühlen Eisenbügel. Wie hart er war. Elijah schauderte. Alles hier war sehr hart. Da fielen ihm die Stofftiere ein, die er mitgebracht hatte.

Nachdem er ihre Weichheit noch einmal geprüft hatte, setzte er in jede Ecke des Sitzes eines. Sie würden ihn abfedern. Jetzt machte ihm nur noch der Bügel vor ihm Sorgen. Aber auch dafür hatte er einen rettenden Einfall. Er zog sein Sweatshirt aus, wickelte es um das Metall und verknotete zuletzt die Ärmel. Das musste halten. Stolz sah er sich in seinem gepolsterten Gefährt um.

Da hörte er die Stimme seiner Mutter. Sie rief seinen Namen. Elijah zuckte zusammen. Dann ließ er seinen Blick über die Menschenmenge wandern, bis er sie schließlich ausmachte. Sie hatte ihn noch nicht gesehen. Wenn sie ihn fand, würde sie ihm die Fahrt bestimmt verbieten. Elijah wandte sein Gesicht ab. Er war schon so weit gekommen, jetzt wollte er auch mitfahren.

Aus dem Augenwinkel heraus beobachtete er, wie sich seine Mutter dem Fahrgeschäft näherte. Die besorgte Miene auf ihrem Gesicht bereitete ihm ein schlechtes Gewissen. Er wollte ihr nicht noch mehr Kummer bereiten als sie seinetwegen ohnehin schon hatte. Aber diesmal glaubte er nicht anders zu können. Suchend streiften die Blicke seiner Mutter umher, bis sie Elijah endlich fanden. Zuerst tat er so, als bemerke er sie nicht, aber dann konnte er sich ihren Augen nicht länger entziehen. Er setzte das unschuldigste Lächeln auf, das er zustande brachte, und winkte ihr zu. Mrs. Price' Miene indes gefror zu einem Ausdruck des Erschreckens. In diesem Moment ertönte eine Hupe, dann hob das Brüllen des Motors an und der dunkle Zyklon setzte sich in Bewegung. Die gesamte Plattform begann, sich langsam zu drehen. „Mir passiert bestimmt nichts, Mum!", rief Elijah seiner Mutter zu. Doch das Röhren der Maschinen und das Gekreische der Kinder verschluckte seine Worte.

In kurzer Zeit nahm die Plattform immer mehr Fahrt auf. Einen Moment lang sah Elijah, wie seine Mutter aufgeregt auf den Mann in dem gestreiften Mantel einredete und dabei auf ihn zeigte. Doch nichts geschah, die Plattform wurde schneller und schneller. Plötzlich begannen sich zudem noch die kleinen tassenförmigen Gefährte aus eigener Kraft zu drehen. Elijahs Gesicht glühte vor Freude. So etwas Tolles hatte er in seinem ganzen Leben noch nicht erlebt. Schlagartig änderten die Gefährte ihre Richtung. Elijah wurde auf eine Seite geschleudert. Sein Plüschdinosaurier fing die Wucht des Stoßes sanft auf. Elijah lachte. Dabei bemerkte er nicht, dass die Stofftiere zu Boden taumelten. Auch das Sweatshirt, mit dem er die Eisenstange umwickelt hatte, löste sich.

Das kleine Gefährt wurde erneut herumgeworfen. Die anderen Kinder kreischten auf. Auch Elijahs Kehle entwand sich ein Schrei. Doch es war ein Schrei des Entsetzens, denn er hatte eben bemerkt, dass seine Stofftiere hinuntergefallen waren. Seine Hände griffen nach der Eisenstange. Es half nichts. Mit voller Wucht prallten Schulter und Arm auf die harte Seitenwand. Ein Krachen wie von berstendem Holz war zu hören. Elijah heulte auf. Wieder wechselte das Gefährt seine Richtung. Der Junge wurde nach vorne geworfen, seine Brust knallte auf die Eisenstange. Wieder ein Knacken, wieder Elijahs Schmerzensschreie. Er sank in seinem kleinen Gefährt zusammen, wurde nun wie wild durchgeschüttelt. Lichter wischten durch sein Blickfeld, während Schrecken und Angst in ihm wuchsen. Er hörte die begeisterten Ausrufe, mit denen die anderen Kinder jeden Richtungswechsel begrüßten. Sie kamen für ihn aus einer anderen Welt.

Endlich verlangsamten sich die Maschinen. Elijah lag zusammengesunken wie ein Häufchen Elend in seinem Gefährt. Aus den vielen aufgeregten Stimmen, die näher kamen, konnte er seine Mutter deutlich heraushören. „Es ist wegen seiner Knochen", rief sie außer sich. „Er ist anders als die anderen Kinder!" Dieser Satz nahm Elijah jeden Mut. Er hatte ihn schon so oft gehört. Ihm war, als sei sein ganzes restliches Leben damit besiegelt.

Mrs. Price's Gesicht erschien über Elijah. Mit Tränen in den Augen beugte sie sich herab. So sanft sie ihn auch berührte, es bereitete Elijah Schmerzen. Ein Arm lag vor seiner Brust, der andere hing leblos herunter. Er hatte unnatürliche Windungen, die Folgen zahlloser Brüche. Erst jetzt nahm Elijah den Schmerz mit seiner ganzen Wucht wahr. Schweiß stand auf seiner Stirn, seine Augen waren weit aufgerissen, aus dem offenen Mund kam ein schmerzerstricktes Röcheln. Dann verlor er das Bewusstsein und alles um ihn herum sank in tiefschwarze Nacht.

4

Mit einem mulmigen Gefühl im Bauch näherte David sich in seinem Wagen der Kirche. Der gesamte Vorplatz stand voller Autos. Polizisten drängten Reporter und Schaulustige zurück, um den Weg zur Kirche für die Messebesucher freizuhalten. David stellte seinen Wagen auf einem der reservierten Parkplätze ab und stieg aus. Gemessenen Schrittes ging er auf den Kircheneingang zu. Neben der Tür stand ein Schild, auf dem stand: „Messe für die Angehörigen und Freunde der Toten von Eastrail-Zug 177". David hatte das Gefühl, irgendwie nicht hierher zu gehören. Gleichzeitig war es ihm unmöglich erschienen, fernzubleiben.

„David Dunn!", rief da einer der Reporter seinen Namen. David wandte sich um. Er sah in weit aufgerissene Kameraaugen und in die sensationslüsternen Gesichter der Journalisten. Niemand stellte eine Frage. Als brächte seine Erscheinung alle zum Schweigen. Da wandte David sich wieder um und setzte seinen Weg in die Kirche fort.

Er nahm einen Platz im hinteren Teil der Kirche ein. Um sich herum sah er die Angehörigen der Toten. Ihre Augen waren rot von den vielen Tränen, die sie vergossen hatten. Manche sahen David mit Blicken an, die einen unausgesprochenen Vorwurf enthielten. Andere schienen ihn für einen vom Glück begünstigten Menschen zu halten. Niemand wusste so gut wie David, dass er nichts weniger war als das.

Nur der Priester schien eine Ahnung davon zu haben, was es bedeutete, aus so viel Unglück äußerlich unversehrt hervorgegangen zu sein. Nachdem alle Opfer namentlich erwähnt und für ihre Seele gebetet worden war, schloss er eine Fürbitte für ihn, David Dunn, den Überlebenden, hinten an. Für David, dem diese Veranstaltung schon absonderlich genug erschien, war dies die größte aller Absonderlichkeiten und gerade dadurch passte sie in sein Leben, das voller Absonderlichkeiten war.

Nach dem Ende der Messe blieb David in der Kirche sitzen. Noch immer füllte der Geruch von brennenden Kerzen und Weihrauch das Gotteshaus. Die Schritte der Messdiener, die dabei waren, die Kerzen auszulöschen, hallten durch den Raum.

Nachdem es wieder eine Weile still gewesen war, erklangen erneut Schritte. Sie kamen auf David zu. Er blickte auf. Vor ihm stand der Priester, der die Messe gehalten hatte. Aus der Nähe betrachtet büßte er die Würde, die er noch auf der Kanzel ausgestrahlt hatte, ein. Er war plötzlich nur noch ein Mann Mitte fünfzig, mit blutunterlaufenen, müden Augen, herabhängenden Wangen und schütterem Haar.

„Danke für Ihre Worte", sagte David.

Der Priester nickte nur.

„Alle Leute denken, ich hätte verdammtes Glück gehabt", meinte David nach kurzem Schweigen. „Wahrscheinlich hab ich das auch. Aber Glück – was ist das eigentlich?" Er hielt wieder inne, sah eine Weile vor sich hin. „Im College hab ich Football gespielt. Ich war Quarterback. Wir hatten damals eine ziemlich Glückssträhne, die einfach nicht abreißen wollte. Ich war irgendwie unüberwindbar.“ David zögerte einen Moment, ehe er weitersprach. Die ganze Zeit sah er den Priester nicht an. „Wenn einem so was passiert, wird man leicht abergläubisch und macht ziemlich verrückte Sachen. Man trägt zum Beispiel bei jedem Spiel die gleichen Socken oder hört sich vor dem Spiel immer denselben B.-B.-King-Song an. Ich hab nicht einmal die Schnürsenkel an meinen Schuhen aufgemacht. Ich bin einfach raus und reingeschlüpft, um nur ja nichts zu verändern.“ Wieder ein Moment Schweigen. Dann sah David den Priester überraschend an, direkt in die Augen. „Aber diesmal ist es anders“, sagte er. „Ich hab das Zugunglück als Einziger überlebt. Als Einziger … Ich werde das Gefühl nicht los, dass das was zu bedeuten hat.“

Der Priester trat näher. David bemerkte hinter seinem müden Ausdruck eine gewisse Härte. „Sind Sie religiös?“, fragte er. David schüttelte den Kopf. „Gut“, sagte der Geistliche da, „denn ich will jetzt als einfacher Mensch zu Ihnen sprechen und nicht als Mann der Kirche. Sie hatten einfach Glück.“

David sah ihn erstaunt an. „Wie meinen Sie das?“

„Es war Glück. Blinder Zufall. Ohne eine tiefere Bedeutung.“ Der Priester kam noch einen Schritt näher. „Vor ungefähr drei Jahren starb mein Cousin. Sie erinnern sich vielleicht an die Maschine auf dem Philadelphia International Airport, die beim Start abstürzte. Es gab keine Überlebenden. Mein Cousin war unter den Opfern. Damals habe ich gebetet und gebetet, bis es mir schließlich gelang, dem Ganzen eine Bedeutung zu geben. Das hat mir Frieden geschenkt.“ Der Blick des Priesters wandte sich von David ab und verlor sich im

Ungewissen, während er weitersprach: „Kaum ein Jahr später kam eine fünfköpfige Familie aus meiner Pfarrei bei einem Hotelbrand in der Innenstadt ums Leben. Wieder habe ich gebetet. Wieder gab ich dem Geschehenen eine Bedeutung." Sein Blick kehrte zu David zurück. „Mein Neffe war wie Sie in dem Zug aus New York. Eastrail 177. Er durfte zum ersten Mal alleine eine solche Reise unternehmen." Die Stimme des Mannes wurde dünner. Es kostete ihn sichtlich Kraft, seine Fassung zu wahren. „Es tut mir Leid, wenn ich Ihnen nicht die Antwort geben kann, die Sie von mir erwarten: dass es eine wunderbare Fügung Gottes gewesen sei. Diese Art Antworten sind mir im Moment leider ausgegangen."

Die Erschütterung des Priesters übertrug sich auf David. Irgendwie hatte er wohl Trost und Zuspruch von dem Geistlichen erwartet, doch dieser konfrontierte ihn unversehens mit der Sinnlosigkeit des Geschehenen. Aber war wirklich kein Sinn darin? David sah wieder auf sein Handgelenk. „Das Metallgehäuse meiner Armbanduhr sah aus, als habe jemand es mit einem Vorschlaghammer bearbeitet", sagte er.

Die Stimme des Priesters wurde streng und zeigte zugleich seine Verletzlichkeit, als er erwiderte: „Das Genick meines Neffen war viermal gebrochen. Also, worauf wollen Sie hinaus? Dass Sie auserwählt waren?" Er sah David an und schüttelte dann den Kopf: „Tut mir Leid, aber das glaube ich nicht."

Stille füllte den Raum. Keiner der beiden hätte auch nur ein einziges weiteres Wort sagen können. Schließlich wandte der Priester sich ab und ging. Die Kirchentür war schon eine Weile hinter ihm zugefallen, als David sich erhob und die Kirche ebenfalls verließ.

David hatte keine Ahnung, wie viel Zeit inzwischen vergangen war. Der Platz vor der Kirche war wie leergefegt. Sein Auto war das einzige, das noch dastand. Nachdenklich schritt er auf den Wagen zu. Er wollte ihn schon aufschließen, als er einen grauen Umschlag bemerkte, den jemand unter seinen Scheibenwischer geklemmt hatte. David zog ihn hervor. Auf der Vorderseite des Kuverts stand sein Name in Maschinenschrift. Die Rückseite zierte der goldene Schriftzug: „Limited Edition".

David öffnete den Umschlag und zog eine Karte heraus. Sie enthielt nur einen einzigen handschriftlichen Satz: „Wie viele Tage in Ihrem Leben waren Sie krank?"

David sah auf. Sein Blick schweifte über den Platz. Weit und breit war niemand zu sehen oder zu hören. Dann sah er erneut auf die Karte, las den Satz wieder und wieder. Er saß schon längst in seinem Wagen und befand sich auf der Nachhausefahrt, als ihm dieser Satz noch immer durch den Kopf ging: *Wie viele Tage in Ihrem Leben waren Sie krank?*

Am nächsten Morgen erschien David pünktlich im Football-Stadion zum Dienst. Er arbeitete hier als Sicherheitsbeamter. Der Job war nicht besonders gut bezahlt, aber irgendwie mochte David ihn. Vielleicht, weil er früher selbst einmal als Footballspieler Karriere hatte machen wollen, bis zu jenem Autounfall, nach dem er alle seine Pläne über den Haufen warf. So blieb er wenigstens mit dem Sport in Berührung. Aber David spürte, dass es das nicht alleine war. Es hatte ihn schon immer befriedigt, Verantwortung für andere zu übernehmen, gewissermaßen seine Hand schützend über sie zu halten. Und jetzt, da ihm das eigene Leben immer mehr entglitt, fand er in seiner Aufgabe einen letzten Halt, auf den er sich stützen konnte.

David hatte sich eben umgezogen – er trug jetzt über einem schwarzen Sweatshirt eine dunkelgrüne Jacke mit der knallgelben Aufschrift „Security“ – und trat einen Rundgang durchs Stadion an. Es hatte ungefähr vierzigtausend Sitzplätze und war bei wichtigen Spielen bis auf den letzten Platz ausverkauft. Dann war hier eine Menge los. David liebte das Stadion. Es war wie ein Freund für ihn.

Als er heute an der Tür zum Personalbüro vorbeikam, blieb er stehen. Die Frage vom Vortag ging David wieder durch den Kopf: *Wie viele Tage in Ihrem Leben waren Sie krank?* Er wandte sich um und klopfte. Von drinnen kam ein energisches:

„Herein!“

David trat ein. Mrs. Plumsburry, die Sekretärin, sah ihn nicht an, sondern tippte unverdrossen weiter auf die Tastatur ihres Computers, während sie fragte: „Ja?“ Sie war eine untersetzte dicke Frau mittleren Alters mit blasser Haut, unter der sich blaue Äderchen abzeichneten, und einer Lesebrille auf der Nasenspitze.

„Ist Noel da?“, fragte David.

„Nein“, entgegnete sie. Sie hielt im Tippen inne und kontrollierte mit einem Blick, was sie geschrieben hatte. Dabei sagte sie: „Ich habe über Sie in der Zeitung gelesen.“ Sie fing wieder an, auf die Tasten einzuhacken. „Ich war auch einmal in einen Unfall verwickelt. Ein Pferd hätte mich fast zu Tode getrampelt.“

„Oh“, stieß David aus.

„Ich hab den Gaul einschläfern lassen.“

„Das ist eine sehr traurige Geschichte.“ David trat von einem Bein auf das andere. „Könnten Sie Noel in meinem Namen etwas fragen?“

Während die linke Hand unablässig weiter tippte, griff die Frau mit der rechten nach einem Stift. „Sprechen Sie“, forderte sie David auf.

„Fragen Sie ihn, ob er mal nachsehen könnte, wie viele Tage ich krank gewesen bin, seit ich hier arbeite.“

Mrs. Plumsburry machte eine Notiz auf ihrem Block. „Ist das alles?“, fragte sie dann.

„Ja.“

Nach einem freundlichen Morgen waren dicke schwarze Regenwolken heraufgezogen, die nun ihre gesamte auf dem Meer gesammelte Fracht über Philadelphia ausgossen. David hatte sich einen dunkelgrünen Poncho umgelegt, auf dessen Rücken ebenfalls der Schriftzug „Security“ prangte. Die Kapuze war weit über den Kopf gezogen, während er in einem Tunnel stand und die Franklin State Warriors bei ihrem Training im strömenden Regen beobachtete.

Die Jungs waren hart im Nehmen, und das gefiel David. So war er in seiner aktiven Zeit auch gewesen. Das bisschen Regen machte einem echten Football-Spieler nichts aus. Im Gegenteil. Man wurde wieder zu dem kleinen Jungen, der für sein Leben gern in Pfützen herumgehechtet war.

Nach Dienstende kehrte David in den Umkleideraum zurück. Er stellte sich unter die Dusche, genoss das dampfend heiße Wasser, denn mit der Zeit hatte ihn der Regen doch ein wenig klamm gemacht. David war wie immer der Letzte. Die anderen Männer, die mit ihm auf

Schicht waren, hatten sich längst auf den Weg nach Hause gemacht. Mit gutem Grund. Sie erwartete eine intakte Familie. Aber was erwartete ihn?

David war eben dabei, sich anzuziehen, als ein stattlicher Mann in die offene Tür trat, dessen Körperumfang den Rahmen fast gänzlich ausfüllte. Seine Angestellten mochten ihn in erster Linie wegen seiner Geradlinigkeit. Er nahm kein Blatt vor den Mund, und wenn er redete, dann hatte er auch was zu sagen.

„Hi, Noel“, grüßte David seinen Chef.

„Hast bei diesem Zugunglück wohl eins gegen den Kopf gekriegt, was?“, sagte Noel in seinem ihm eigenen tiefen Bass. „Dein Hirn funktioniert ja wieder.“

„Wie bitte?“, fragte David verduzt.

Noel sah ihn ähnlich überrascht an. „Vierzig Dollar“, sagte er dann.

„Ich verstehe nicht.“

„Du kriegst eine Lohnerhöhung von vierzig Dollar die Woche. Schluss, aus!“ Da David noch immer eine verständnislose Miene machte, wurde Noel deutlicher: „Ich hab nachgesehen. Du hattest Recht. Du hast dich kein einziges Mal krank gemeldet. Fünf Jahre und nicht einen Tag krank. Ich hab's schon verstanden. Du wolltest eine Lohnerhöhung. Ziemlich clever von dir, mich auf diese Weise darauf zu stoßen.“

Noch immer stand David wie angewurzelt da. Sein Gesicht zeigte nicht die von Noel erwartete Freude. Missmutig verzog dieser den Mund. „Na schön, fünfzig Dollar“, stieß er aus. „Aber das ist wirklich das Äußerste. Ist das genug?“

David nickte. Daraufhin wandte Noel sich um und verschwand. Kaum war er fort, da sank David auf eine

Bank nieder. Er war also keinen einzigen Tag krank gewesen. Was hatte das zu bedeuten? Wusste dieser Fremde, der ihm die Karte geschrieben hatte, etwa mehr über ihn als er selbst? Kannte er die Bedeutung all dessen, was ihm widerfahren war?

Nachdem David eine Weile regungslos dagesessen hatte, zog er sich an und machte sich auf den Nachhauseweg. Der Regen hatte inzwischen etwas nachgelassen. Die Autos hatten ihre Scheinwerfer an, auch in den Häusern brannten Lichter. Menschen mit und ohne Regenschirme hasteten über die Bürgersteige. Die Stadt, so kam es David vor, hatte etwas Verwischtes, wie auf diesen Gemälden, auf denen die Farben ineinanderliefen; alles wirkte dadurch irgendwie entrückt.

Man konnte nicht gerade behaupten, dass Audrey David zu Hause erwartete. Sie nahm es, wie jeden Abend, zur Kenntnis, als er zur Tür hereinkam. Im Kühlschrank standen Ravioli, die er sich in der Mikrowelle aufwärmte. Ganz anders Joseph. Mit glänzenden Augen setzte er sich zu David, sah ihm beim Essen zu und wollte alles wissen, was er an diesem Tag gemacht hatte. Seit dem Zugunglück wich er kaum noch von der Seite seines Vaters. Davids Gedanken indes waren ganz woanders.

Immerhin hatte Audrey nichts dagegen, dass Joseph in Davids Zimmer schlief. Sie selbst ging früh zu Bett. Nicht, weil sie müde gewesen wäre, sondern weil sie allein sein wollte. David hatte an diesem Abend keine zwei Sätze mit ihr geprochen. Er hegte keinen Groll gegen sie. Sie hatte sich zu einer Entscheidung durchgerungen und es sich wahrhaftig nicht leicht damit gemacht. Nun kämpfte sie darum, ihren Entschluss auch durchzuziehen. Das respektierte David.

Er konnte in dieser Nacht einfach nicht einschlafen. Joseph lag neben ihm. Sein Atem ging gleichmäßig. Schließlich stand David auf und stieg leise die Treppe hinunter. Audrey schlief offenbar ebenfalls nicht, denn unter der Tür kam ein blasser Lichtschein durch. Vorsichtig klopfte David an.

Einen Augenblick später öffnete Audrey. Sie war wohl doch ein wenig eingenickt, denn ihr Haar war zerzaust, die Augen sahen glasig aus. Binnen weniger Minuten gewannen sie jedoch ihren gewöhnlichen Glanz zurück. „Ist was mit Joseph?“, fragte sie besorgt.

„Er schläft tief und fest“, entgegnete David.

„Gut.“

Schweigend standen sie einen Moment da. David betrachtete seine Frau in ihrem hellblauen Pyjama. Audrey fühlte sich unwohl. Unruhig trat sie von einem Bein auf das andere. Trotzdem wollte sie ihn nicht wegschicken. Er kam ihr in diesem Moment besonders verletzlich vor, wie überhaupt die ganze letzte Zeit seit dem Zugunglück.

„Ich wollte dich etwas fragen“, sagte David schließlich. „Es hört sich vielleicht merkwürdig an, aber denk trotzdem mal darüber nach.“

Audrey nickte.

„Wann war ich das letzte Mal krank?“, fragte David. „Kannst du dich daran erinnern?“

Audrey sah ihn erstaunt an. Sie konnte sich nicht vorstellen, warum er das fragte, schon gar nicht, wieso er mitten in der Nacht damit zu ihr kam. Es schien wichtig für ihn zu sein. Sie dachte einen langen Moment nach und meinte schließlich: „Ich weiß nicht mehr. Es ist auf jeden Fall schon eine ganze Weile her.“

„In diesem Jahr war ich noch nicht krank", sagte David und stützte sich gegen den Türrahmen, „so viel ist sicher." Audrey nickte zustimmend. „Kannst du dich überhaupt daran erinnern, dass ich schon mal krank war?", fragte David und sah ihr plötzlich mit einer Wachheit in die Augen, wie sie sie lange nicht mehr an ihm festgestellt hatte.

Audrey zuckte die Schultern. „Nicht an einen bestimmten Tag", meinte sie. „Warum willst du das wissen?"

„Audrey", sagte David erneut und mit größerem Nachruck, „kannst du dich auch nur an ein einziges Mal erinnern, dass ich krank war? In den drei Jahren, die wir nun in diesem Haus wohnen? In unserem Apartment? War ich jemals krank, bevor Joseph geboren wurde? Bevor wir geheiratet haben?"

Audrey dachte nach, diesmal ein wenig angestrengter als vorhin. Er musste einmal krank gewesen sein, jeder Mensch war irgendwann einmal krank. Doch sie konnte sich nicht erinnern. Schließlich schüttelte sie den Kopf.

„Ist das nicht eigenartig?", meinte David. „Nicht ein einziges Mal Fieber. Keine Erkältung. Nicht einmal Halsweh. Was könnte das bedeuten?"

„Es bedeutet vielleicht nur, dass wir im Moment zu müde sind, um uns daran zu erinnern", erwiderte sie. David verfiel in Schweigen. Nachdenklich sah er vor sich hin. Audrey konnte nicht verstehen, warum ihn das so sehr beschäftigte. Da er nichts mehr sagte, meinte sie nach einer Weile: „Ist das alles, was du wissen wolltest?"

„Ja", antwortete er.

„Oder gibt es noch etwas anderes, was du mich fragen möchtest, so lange ich noch auf bin?" Ihre Stimme nahm einen sarkastischen Ton an. „Etwas wie: Wann hast du zum letzten Mal etwas Rosafarbenes getragen? Oder wann du zum letzten Mal eine Glühbirne ausgewechselt hast? Das ist der letzte Aufruf, seltsame Fragen zu stellen. Um zwei Uhr ist Annahmeschluss."

„Nein, das war alles", entgegnete David völlig ernst. Die Gedanken, die ihm durch den Kopf gingen, waren zu gewichtig als dass ihr Sarkasmus ihn hätte erheitern können. Das merkte schließlich auch Audrey, weshalb sie, wieder in ernstem Ton, meinte: „Diese Sache mit dem Zugunglück hat Joseph sehr durcheinander gebracht. Er hat Angst, dass dir etwas zustoßen könnte. Deshalb lässt er dich nicht mehr aus den Augen."

David sah Audrey eine Weile an. Er fragte sich, was die Merkwürdigkeiten der letzten Zeit bei ihr bewegten. Gar nichts? Kaum vorstellbar. „Ich gehe besser wieder zu ihm", meinte er dann. Dennoch blieb er noch eine Weile stehen. Sie sahen sich tief in die Augen. So wie sie es schon lange nicht mehr getan hatten. Audrey wich seinem Blick diesmal nicht aus. „Wann habe ich zuletzt etwas Rosafarbenes getragen?", fragte er da. „Beim Barbecue der Mitchells", entgegnete Audrey, „drei Jahre ist das her."

„Oh, Scheiße…", meinte David mit einem Lächeln. Er hatte gehofft, sie hätte es vergessen.

„Dein T-Shirt hat genau zu deinen Shorts gepasst", sagte sie mit dem Anflug eines Lächelns auf den Lippen. „Es hat grausam ausgesehen."

Während sie sich abwandte, um wieder schlafen zu gehen, trat auch auf Davids Gesicht ein Lächeln. „Gute Nacht, Audrey", sagte er. Audrey sah sich noch einmal um, nur für einen einzigen Blick. „Gute Nacht, David", sagte sie dann und schloss leise die Tür hinter sich.

5

1974

Eine kleine, aber ordentliche Wohnung irgendwo in West Philadelphia. An den Wänden hingen Kunstdrucke in vergoldeten Bilderrahmen, auf einer Kommode stand eine Vase. Hier lebte Mrs. Price mit ihrem Sohn Elijah. Der Frohsinn der Blümchentapeten vermochte nicht über die Härte ihres gemeinsamen Schicksals hinwegtäuschen, dem sich vor allem Mrs. Price mit bewundernswerter Hartnäckigkeit entgegenstemmte.

Elijah saß an diesem sonnigen Frühsommertag im Wohnzimmersessel und starrte auf die dunkle Mattscheibe des kaputten Fernsehers. Sein frisch eingegipster Arm hing in einer Schlinge. Erst vor ein paar Tagen hatte er ihn sich gebrochen, als er in der Schule ausgerutscht und gegen eine Schulbank geknallt war.

Durch das hochgeschobene Fenster drang vom Spielplatz auf der gegenüberliegenden Straßenseite ausgelassenes Kindergeschrei herein. Elijah tat so, als höre er es nicht. Aber wen wollte er damit täuschen, da er doch alleine im Zimmer war? Etwa sich selbst? Er betrachtete die Reflexion in der dunklen Mattscheibe. Ein schwarzer Junge mit einem steifen Arm in einer Schlinge und einem versteinerten Gesichtsausdruck. Ein Junge, der sich entschlossen hatte, von einer Welt, die ihn nicht wollte, ebenfalls nichts zu wollen, und den dennoch die bohrende Frage nicht losließ, wieso jemand, der so lebensunfähig war wie er, überhaupt auf dieser Welt lebte. Wo war der Sinn all dessen?

Schritte auf der Treppe ließen Elijah aufhorchen. Er erkannte sie sofort. Seine Mutter. Wer sonst hätte es auch sein können? Elijah hatte keine Freunde. Wer wollte schon mit einem Jungen herumtollen, den man mit Samthandschuhen anfassen musste, weil er sich ständig irgendetwas brach? Sie hatten ihm deshalb in der Schule einen Spottnamen gegeben, den sie hinter ihm herriefen, wenn er nach Hause ging: Mr. Glas.

Die Tür flog auf und Mrs. Price kam mit forschen Schritten herein. Sie trug ein weinrotes Kleid und eine Kette aus Kunstperlen um den Hals. Ärgerlich trat sie vor ihren Sohn hin, stemmte die Arme in die Seiten und nahm ihn fest in den Blick. „Schluss jetzt“, sagte sie streng, „du bist lange genug hier drin gesessen. Ich dulde das nicht länger.“

Elijah vermied es, ihr in die Augen zu sehen. Es war schwer, ihrem Blick standzuhalten. Noch schwerer war es, sich gegen ihren eisernen Willen zu behaupten. Elijah hatte zwar den Dickkopf seiner Mutter geerbt, zog aber trotzdem meist den Kürzeren gegen sie. Dennoch war es nicht seine Sache, klein beizugeben. „Ich gehe nicht mehr nach draußen“, verkündete er bockig. „Ich habe keine Lust, mir schon wieder irgendwas zu brechen.“ Er hielt ihr seinen Gips entgegen und sah sie an. „Das war das letzte Mal!“

Mrs. Price schüttelte den Kopf. Die Verzweiflung ihres Sohnes machte sie traurig. Sie kam näher und beugte sich zu ihm herab. „Dagegen kannst du nun mal nichts machen“, sagte sie mit sanfter Stimme. „Außerdem kann es dir überall passieren. Du kannst hier zwischen dem

Sessel und dem Fernseher stolpern, und schon ist es passiert. Oder willst du für den Rest deines Lebens in diesem Sessel sitzen bleiben?" Sie lächelte kurz, wurde dann wieder ernst und fuhr fort: „Wenn Gott will, dass du dir hier drin die Beine brichst, dann wird es auch geschehen. Du kannst dich nicht vor dem Schicksal verstecken, das er für dich vorgesehen hast."

Elijah saß stumm da und starrte in die tote Mattscheibe. Was redete sie zu ihm von einem Gott, der ihm zwar ein Leben geschenkt hatte, es ihm gleichzeitig aber unmöglich machte, damit etwas anzufangen? Welchen Sinn sollte all das haben? Oder war er vielleicht dazu bestimmt, für andere Menschen ein Attraktion zu sein, so wie die Freaks auf den Jahrmärkten? Er musste wieder an den Spottnamen denken, den die Kinder ihm hinterherriefen. „In der Schule nennen sie mich Mr. Glas", sagte er. „Weil ich breche wie Glas." Seine Lippen waren angespannt und dünn wie Bleistiftstriche.

Mrs. Price setzte sich auf die Lehne des Sessels und legte ihren Arm um Elijahs Schultern. Ihre Lippen kamen ganz nah an sein Ohr, als sie zu ihm sprach, ganz leise, nur im Flüsterton. Doch was sie ihm sagte, war darum nicht weniger gewichtig: „Du kannst dich jetzt dafür entscheiden, Angst zu haben und der Welt den Rücken zu kehren. Aber wenn du dich einmal entschieden hast, gibt es kein Zurück mehr. Dann wirst du dich immer fürchten."

Diese Worte bewegten etwas in Elijah. Er wandte seinen Blick von der Mattscheibe ab und sah seiner Mutter in die großen dunklen Augen. Sein Herz öffnete sich, als er wieder einmal entdeckte, dass all die Strenge, die sie ihm gegenüber manchmal an den Tag legte, allein ihrer Liebe entsprang. Er schluckte, weil er einen dicken Kloß im Hals hatte.

Eine Weile sahen Mutter und Sohn sich schweigend an. Dann sagte Mrs.Price: „Ich hab ein Geschenk für dich."

Elijahs Augen weiteten sich.

„Weshalb?", fragte er.

„Vergiss das Weshalb." Sie stand auf. „Willst du es haben oder nicht?"

Elijah musste nicht lange überlegen. Er nickte heftig und sah seine Mutter erwartungsvoll an. „Na schön", meinte sie, „dann musst du es dir holen."

„Wo ist es denn?"

Mrs. Price sah zum Fenster. „Es liegt drüben auf dem Spielplatz, auf einer der Bänke", teilte sie mit. Elijah sah sie ungläubig an. Was hatte das zu bedeuten? Sollte das ein Scherz sein? Mrs. Price las die Bedenken in seinem Gesicht. „Hältst du mich etwa für eine Lügnerin?", sagte sie und deutete auf das Fenster. „Komm, überzeuge dich!"

Im Nu war Elijah aus dem Sessel heraus und stand am Fenster. Mit großen Augen sah er zur gegenüberliegenden Straßenseite. Am Rande des Spielplatzes, den ein hoher Maschendrahtzaun umschloss, standen drei Bänke. Auf der mittleren von ihnen lag deutlich sichtbar ein in lila Packpapier gewickeltes Päckchen mit einer weißen Schleife. Elijah wandte sich nach seiner Mutter um, die inzwischen ebenfalls ans Fenster gekommen war. „Jemand könnte es wegnehmen", sagte er.

Mrs. Price zuckte die Schultern. „Dann solltest du dich am besten beeilen, um es dir zu holen", entgegnete sie lächelnd.

Elijah wollte schon losspurten. Ein Blick seiner Mutter warnte ihn, dabei nicht alle Vorsicht zu vergessen. Gemeinsam verließen sie schließlich die Wohnung, überquerten die schmale Straße und betraten den Spielplatz. Keines der herumtollenden Kinder schien das Geschenk bemerkt zu haben. Auch von Elijah nahm niemand Notiz.

Vorsichtig näherte sich der schwarze Junge der Bank. Gebannt sah er das Päckchen an. Dann setzte er sich und legte es in seinen Schoß. Mrs. Price nahm neben ihm Platz. Mit Befriedigung sah sie den erwartungsvollen Ausdruck auf dem Gesicht ihres Sohnes. „Willst du es nicht aufmachen?“, drängte sie ihn nach einer Weile.

Der Junge löste die weiße Schleife und wickelte dann das lila Geschenkpapier ab. Eine Schachtel kam zum Vorschein. Als er den Deckel abnahm, wurden seine Augen immer größer. Ein Comic-Heft. Auf der Titelseite kämpfte der offensichtlich mit übersinnlichen Kräften begabte Held namens Slayer gegen den Bösewicht Jaguaro. Beide schienen sich an körperlicher Kraft in nichts nachzustehen, denn ihre Körper waren schier platzende Muskelpakete. Die Zeichnung zog Elijah derart in ihren Bann, dass er sich kaum von ihr losreißen konnte.

„Ich hab einen ganzen Stapel von diesen Heften gekauft“, sagte Mrs. Price. „Wann immer du dich entschließen kannst, auf den Spielplatz zu kommen, wird dich hier ein neues Heft erwarten.“

Elijah starrte noch immer fasziniert auf das Comic. Er blätterte es auf und tauchte in die wunderbare Welt der Superhelden ein. „Dieses hier soll ein ganz besonders überraschendes Ende haben“, verhieß Mrs. Price. Elijah konnte sich nur mehr kurz davon losreißen, um ihr einen dankbaren Blick zuzuwerfen. Dann ließ er sich gänzlich in das Fantasiereich versinken, das sich vor ihm aufgetan hatte...

6

„Limited Edition“ stand auf einem Schild aus Plexiglas neben der Tür der kleinen Galerie, die nur ein paar Straßen abseits von Philadelphias Kunstmeile am Benjamin Franklin Parkway lag. Das Haus war eines in einer Reihe neoklassizistischer Gebäude aus dem 19. Jahrhundert und hatte im Wandel der Zeiten verschiedene Nutzungen erfahren, ehe sich hier vor einigen Jahren eine Kunsthandlung der ganz besonderen Art niedergelassen und das Gebäude damit seine vorläufig letzte Bestimmung gefunden hatte. Es beherbergte in seinen verwinkelten, ineinander übergehenden Räumen eine Sammlung exquisiter Exponate der Comic Art, wobei sein Schwerpunkt auf Geschichten mit übernatürlichen Helden und Bösewichten lag. Der Inhaber der Galerie war niemand anders als Elijah Price.

Aus dem kleinen Jungen war ein Mann Ende dreißig geworden, dessen Aussehen auf jeden, der ihm begegnete, unweigerlich eine Faszination ausübte, der man sich nur schwer entziehen konnte. Am meisten trugen dazu wohl seine großen Augen bei, deren Glanz etwas Verheißungsvolles und Forderndes zugleich innewohnte. Elijah steigerte seine besondere Ausstrahlung, um die er natürlich wusste, noch dadurch, dass er stets schwarze Handschuhe und überhaupt sehr exquisite Kleidung trug: an diesem Tag einen blauen Rollkragenpullover und darüber einen Rock aus Seide, der bis weit über die Hüften reichte.

Elijahs Glasknochenkrankheit hatte sich mit den Jahren nicht gebessert, doch er wusste heute damit umzugehen. Dass er überhaupt Lebensmut gefasst und es schließlich sogar zum Galeriebesitzer gebracht hatte, war ganz alleine und in vielfältiger Hinsicht seiner Mutter zu verdanken. Die fantastische Welt der Comics war für ihn im Lauf der Jahre zu mehr geworden als nur die Möglichkeit aus einer trostlosen Realität zu fliehen. Elijah hatte die eigentliche Tiefe dieser gezeichneten Bildergeschichten erkannt und mit ihnen gelernt, die Welt neu zu verstehen. Wenn er, wie gerade in diesem Moment, einem Galeriebesucher eines seiner Meisterwerke erklärte, konnte er in feurige Euphorie geraten, durch die der Ernst, den der Gegenstand seiner Rede für ihn besaß, mehr als deutlich wurde. Er begleitete seine Worte dann, indem er mit seinem Spazierstock aus dickem, widerstandsfähigem Glas, der zugleich ein Beispiel für Elijahs Zynismus war, einen zunehmend fordernder werdenden Takt auf dem Parkett schlug.

Die beiden Männer – Elijahs Gesprächspartner war seinem feinen Zwirn nach zu schließen ein Geschäftsmann – standen vor einer Zeichnung, die zwei in einen Kampf auf Leben und Tod verwickelte Figuren auf dem Dach eines Hochhauses zeigte: den Superhelden Slayer mit seinem wallenden grünen Umhang und seinen Erzfeind Jaguaro, ein Raubtier in Menschengestalt mit gepunktetem Pelz, Raubtiergebiss und langen scharfen Krallen an Händen und Füßen.

„Erstaunlich“, sagte der Geschäftsmann. „Diese Zeichnung muss aus Fritz Campions eigenem Archiv stammen. Sie stammt noch aus der Zeit, bevor das erste Comic erschien. 1968 war das.“

Elijah nickte. Der Mann hatte sich als Kenner ausgewiesen. Dann sah er wieder auf das Bild und fuhr in seiner Rede, bei der ihn die Bemerkung des Kunden unterbrochen hatte, fort: „Wir haben es hier mit einer Darstellung zu tun, die den Kampf des Guten gegen das Böse auf klassische Weise zeigt. Beachten Sie das breite Kinn von Slayer." Er deutete auf den Helden. „Wir finden das bei nahezu allen Comic-Helden. Ist Ihnen das leichte Missverhältnis zwischen Jaguaros Körper und Kopf aufgefallen? Auch das entspricht ganz dem üblichen Muster, allerdings nur beim Bösewicht. Doch das wirklich Außergewöhnliche an diesem Exponat, das es zu etwas geradezu Einmaligem macht, ist die realistische Darstellung der Figuren. In den Heften, die schließlich auf den Markt kamen, wurden die Charaktere deutlich übertrieben dargestellt, was leider so gut wie immer passiert." Elijah sah das Bild an. Der Blick drückte mehr aus als die Bewunderung für ein Kunstwerk. Es war beinahe so etwas wie Liebe darin. „Das hier ist absolut einzigartig."

Der Geschäftsmann neigte sich näher an die Zeichnung heran und studierte die Details. Wie Slayers Faust Jaguaros Handgelenk packte und den Schlag damit abfing, wirkte tatsächlich so echt, wie er es zuvor in einem Comic noch nicht gesehen hatte. Zufrieden rieb er sich das Kinn. Dann wandte er sich an Elijah: „Ich nehme es. Packen Sie es ein."

Elijah nickte. „Sie haben eine sehr kluge Entscheidung getroffen, zu der man Sie nur beglückwünschen kann."

Dann wandte er sich um. Er wollte eben in einen Nebenraum verschwinden, in dem er sein Verpackungsmaterial aufbewahrte, als er den Geschäftsmann vor sich hinsagen hörte: „Mein Junge wird vor Freude Luftsprünge machen."

Elijah ließ seinen Stock niedersausen. Obwohl er auf den Teppich traf, war der dumpfe Aufschlag in der ganzen Galerie zu hören. Der Geschäftsmann zuckte erschrocken zusammen, während Elijah auf dem Absatz herumfuhr. Aus seinen Augen zuckten böse Blicke. „Sagen Sie das noch einmal!", forderte er den Mann mit erhobener Stimme auf.

„Mein Sohn Jeb", teilte dieser verunsichert mit. „Es soll ein Geschenk für ihn sein."

„Wie alt ist Jeb?"

„Vier."

Elijah zog die Brauen zusammen. Seine Augen wurden dabei schmal und bedrohlich. Über dem ganzen Gesicht lag Spannung, die Oberlippe vibrierte, als er ausstieß: „Nein!" Dann kam er mit großen Schritten auf den Geschäftsmann zu. Sein Stock klackte auf den Parkettboden. Wie hatte er sich nur so in einem Menschen täuschen können? „Nein, nein, nein!", rief er immer wieder aus. Er ertrug den Anblick des Mannes nicht länger. „Sie sollten jetzt besser gehen", forderte er ihn mit theatralischer Geste auf.

„Wie bitte?", erwiderte der Mann verwirrt.

„Sehen Sie vielleicht irgendwelche Teletubbies hier drin?", rief Elijah. „Habe ich vielleicht eines dieser Plastikschildchen am Revers, auf dem mein Name steht? Sehen Sie etwa ein gelangweiltes asiatisches Kind in einem dieser nachgebauten Minihubschrauber, die zu wackeln anfangen, wenn man einen Vierteldollar reinwirft? Nein? Das sind alles Dinge, die man in einem

Spielwarenladen sieht. Sie müssen das hier für einen Spielwarenladen halten, denn sonst wären Sie nicht hereingekommen, um für einen kleinen Jungen namens Jeb einzukaufen.“ Elijah stieß seinen Stock auf den Boden. Ein lauter Knall hallte durch die Räume. „Einer von uns beiden hat hier die wertvolle Zeit des anderen verschwendet“, sagte er.

Der Geschäftsmann war immer tiefer in sich zusammengesunken. Er brachte kein Wort heraus, nicht einmal eines der Entschuldigung. Er stand nur mit hochrotem Kopf da und hoffte, das Donnerwetter möge so schnell wie möglich vorüberziehen.

„Das hier ist eine Kunstgalerie, mein Freund“, belehrte Elijah ihn unterdessen. „Was in diesen Räumen die Wände ziert, sind Kunstwerke.“ Er deutete mit seinem Stock auf die Zeichnung, deren Bedeutung er dem Geschäftsmann eben noch ausführlich erklärt hatte, und sagte: „Und was Sie hier vor sich haben, ist eine der letzten siebzehn Originalzeichnungen von Fritz Campion, die es auf der Welt noch gibt. Sein Wert wird sich von Jahr zu Jahr verdreifachen. Dieses Werk muss wie ein Schatz gehütet werden. Jeder Ihrer Geschäftspartner hätte Grund, Sie um so eine Kostbarkeit zu beneiden.“

Der Mann betrachtete sich die Zeichnung noch einmal, doch diesmal mit ganz anderen Augen. „Was wäre, wenn ich es doch haben wollte?“, fragte er kleinlaut.

„Ich höre!“, meinte Elijah und stellte sich breitbeinig vor ihm auf.

„Ich werde die Zeichnung in meinem Büro aufhängen“, versprach der Kunde.

Elijah nickte zustimmend. „Und was ist mit Jeb?“

„Wenn ich nicht da bin, schließe ich das Büro ab. So kommt er nicht dran."

Trotzdem war Elijah noch nicht zufrieden. „Und wo wollen Sie es platzieren?", fragte er. „Etwa in der Nähe eines Fensters?"

„Auf keinen Fall", kam die Antwort, begleitet von heftigem Kopfschütteln. „Ich garantiere Ihnen, dass kein direktes Sonnenlicht darauf fallen wird."

Nachdenklich sah Elijah den Mann an, während dieser den harmlosesten Gesichtsausdruck aufsetzte, dessen er mächtig war. Elijah indes war sich nicht sicher, ob er ihm vertrauen konnte. „Kommen Sie in drei Tagen wieder", schloss er zuletzt. „Bis dahin habe ich entschieden."

Elijah wandte sich um und schritt auf einen Durchgang im hinteren Bereich der Galerie zu, der zu seinem Büro führte. Damit unterstrich er, dass die Verhandlungen zu Ende waren und dass er nun alleine sein wollte. Beinahe gleichzeitig ging die Tür auf. Nur aus dem Augenwinkel nahm Elijah die beiden Besucher – einen Erwachsenen und ein Kind – wahr. „Wir öffnen nur nach telefonischer Vereinbarung", warf er ihnen zu.

„Ich habe eine Karte bekommen, auf der der Name dieser Galerie als Absender stand", erwiderte der neue Besucher, während der Geschäftsmann das Weite suchte.

„Gratuliere", sagte Elijah, „Sie sind also der glückliche Besitzer eines Briefkastens. Die Ausstellung eröffnet erst in zwei Wochen."

„Diese Karte befand sich aber unter dem Scheibenwischer meines Wagens."

Elijah blieb wie angewurzelt stehen. Sein Herz schlug plötzlich heftig bis zum Hals. David Dunn. Er selbst hatte ihm die Nachricht unter den Scheibenwischer gesteckt, in der Hoffnung, dass er Kontakt mit ihm aufnahm. Und nun war er hier.

Elijah wandte sich langsam um. Er musterte David mit einem langen, eindringlichen Blick. War er der Mann, auf den er so lange gewartet hatte? Im ersten Moment sah er nicht danach aus. Er wirkte verunsichert. Aber das wäre andererseits nicht ungewöhnlich, im Gegenteil, es könnte sogar ein weiterer Beweis für seine Auserwähltheit sein. Die Gedanken jagten sich in Elijahs Kopf. Beinahe vergaß er darüber zu sprechen. Und Joseph, der mit David gekommen war, nahm er so gut wie gar nicht wahr.

Nach schier endlos langer Zeit kam Elijah näher. Sein Blick ruhte noch immer auf Davids Gesicht, als er fragte: „Sie waren also niemals krank?“

David zuckte die Schultern. „Ich bin mir nicht sicher, aber ... ich glaube nicht.“

Die Blicke der beiden Männer trafen und durchdrangen sich. Elijahs Freude über die ersehnte Begegnung wurde von Zweifeln gedämpft. Irgendwie war David ihm sympathisch, und das hieß eine Menge bei einem Mann, der von den Menschen im Allgemeinen keine besonders hohe Meinung besaß und deshalb auch keine Freunde hatte. Schließlich wies er mit der Hand auf den Durchgang im hinteren Teil des Raumes. „Gehen wir in mein Büro. Dort können wir uns in Ruhe unterhalten.“

Nachdem er, um Störungen vorzubeugen, die Eingangstür der Galerie abgeschlossen hatte, brachte er seine beiden Besucher in den Nebenraum. Auch hier waren die Wände reich verziert, doch anders als in den Ausstellungsräumen nicht mit Comic-Zeichnungen, sondern mit antiken Abbildungen auf Pergament. Sie zeigten Szenen aus der griechischen und ägyptischen Mythologie. Eine Seite des Raumes war nahezu vollständig mit Exemplaren afrikanischer Plastik zugestellt.

Nachdem er David und Joseph mit einer Handbewegung aufgefordert hatte, sich Stühle heranzuziehen, nahm er selbst hinter seinem Schreibtisch Platz. Joseph, der die ganze Zeit schon einen Becher Cola in der Hand gehalten hatte, begann, in seinen Strohhalm zu blasen. Das leise Gurgeln, das dabei entstand, füllte als einziges Geräusch die entstehende Stille. David wies ihn mit einem strengen Blick an, das Geblubber zu unterlassen.

Schließlich ergriff Elijah das Wort. „Wie sicher sind Sie, dass Sie noch nie krank gewesen sind?", fragte er. „Wie viel Prozent?"

David zuckte die Schultern. „Vielleicht fünfundsiebzig Prozent", sagte er.

Elijah biss sich auf die Unterlippe. „Tja, das ist eigentlich überhaupt nicht sicher, oder? Da hätten wir schon mal Loch Nummer eins." Die Hände des Schwarzen spielten nervös mit dem Knauf seines Stockes. „Sie müssen wissen, dass ich in dieser Sache äußerst misstrauisch bin, denn ich brauche absolute Sicherheit."

David rutschte unruhig auf dem Stuhl herum. Er kam sich vor wie bei einer Prüfung. „Von welcher Sache sprechen Sie?", fragte er.

„Ich nehme an, Sie wurden noch nie verletzt", fuhr Elijah fort und überging Davids Frage damit einfach. „Liege ich damit richtig?"

„Dad wurde schon mal verletzt", beantwortete Joseph an Stelle seines Vaters die Frage. Der Junge hatte das Gespräch bisher aufmerksam verfolgt. Elijah kam ihm irgendwie unheimlich vor. Er zuckte zusammen, als dieser ihn jetzt direkt ansah, ehe er David wieder in den Blick nahm. „Hat das Kind Recht?“, fragte er.

David nickte. „Das war im College. Ich hatte einen Autounfall.“

„Waren Sie schwer verletzt?“

Wieder ein Nicken. „Dad konnte nicht mehr Football spielen“, teilte Joseph eilig mit.

Elijah atmete tief durch. „Damit haben wir Loch Nummer zwei gefunden. Und das ist sogar ein ziemlich großes.“

David fand, dass er sich nun lange genug Fragen gefallen lassen hatte, deren Sinn er nicht verstand. „Können wir endlich über die Nachricht an meinem Auto sprechen, Mr. Price?“, drängte er.

„Sie dürfen mich Elijah nennen“, erwiderte der Schwarze, „und wir sind mitten drin, uns darüber zu unterhalten. Wir reden über eine Idee, die mir schon viel zu lange durch den Kopf spukt und die darauf wartet, endlich bewiesen zu werden.“

Joseph neigte sich seinem Vater zu. „Der Kerl ist ziemlich unheimlich, was?“, flüsterte er ihm ins Ohr. Doch David wies ihn mit einer Geste zu schweigen an.

Indes sah Elijah abwechselnd zwischen den beiden hin und her und ließ deren prüfende Blicke über sich ergehen. Nach langem Schweigen begann er schließlich: „Ich setze mich seit vielen Jahren mit allen denkbaren Formen von Comics und Bildergeschichten auseinander. Ich hatte die Zeit dazu, denn ich habe ungefähr ein Drittel meines Lebens in Krankenhausbetten verbracht. Was sollte ich schon anderes tun, als zu lesen? Im Laufe meiner Studien bin ich zu der Auffassung gelangt, dass

Comics unsere letzte Verbindung zu einer bis in die Antike und darüber hinaus reichenden Tradition sind, wie Geschichte an die folgenden Generationen weitergereicht wird. Die Ägypter haben ihre Bilder an die Wand gemalt. Noch heute geben viele Völker auf der ganzen Welt ihr Wissen mittels Bildern weiter."

Elijah hielt kurz inne. Seine Zuhörer hatten nicht die geringste Ahnung, worauf er hinaus wollte. „Ich glaube fest", fuhr Elijah fort, „dass auch Comics eine Möglichkeit sind, wie Geschichte weitererzählt wird. Sie beruhen auf dem, was irgendjemand irgendwo empfunden oder erfahren hat. Natürlich wurden diese Erfahrungen, diese Historie, durch den kommerziellen Wolf gedreht, aufgemotzt, reißerischer gemacht und eben für die Verkaufsregale aufbereitet."

„Und was hat das mit mir zu tun?", fragte David, der langsam ungeduldig wurde.

„Warten Sie es ab. Diese Stadt hat etliche Katastrophen erlebt. Über sie alle wurde ausführlich berichtet. Ich habe das alles genauestens verfolgt. Da war der Flugzeugabsturz, später der verheerende Hotelbrand in der Innenstadt. Ich habe beinahe rund um die Uhr Nachrichten gesehen und dabei die ganze Zeit darauf gehofft, endlich einen ganz bestimmten Satz zu hören. Aber er kam nicht. Vor kurzem jedoch sah ich einen Bericht über das Zugunglück, und da hörte ich sie ... die heiß ersehnten Worte."

Elijah hielt inne. Sein Atem ging plötzlich etwas schneller, seine Erregung wuchs, auch wenn er sich nach Kräften mühte, gefasst zu bleiben. „Die Meldung, es habe einen einzigen Überlebenden gegeben, der das Unglück wie durch ein Wunder völlig unverletzt überstanden hatte, gab meinen Hoffnungen plötzlich neue Nahrung. Die Idee, die bis dahin nur eine Knospe gewesen war, blühte plötzlich in ihrer ganzen Pracht auf. Können Sie mir folgen?"

„Ihre Idee blühte in ganzer Pracht auf", wiederholte David. Er konnte allerdings nicht behaupten, dass er wirklich begriff, wovon Elijah redete.

Unterdessen legte Elijah seinen durchsichtigen Stock quer über den Schreibtisch. „Ich leide an einer Krankheit, die Osteogenesis imperfecta genannt wird", erklärte er. „Dabei handelt es sich um einen genetisch bedingten Defekt. Mein Körper kann ein bestimmtes Protein nicht in ausreichender Menge herstellen, weshalb es meinen Knochen an Dichte fehlt. Anders gesagt: Sie brechen schon beim geringsten Druck. Ich hatte in meinem bisherigen Leben vierundfünfzig Knochenbrüche. Im Moment ist das noch die leichteste Variante. Stadium eins. Danach kommen Stadium zwei, drei und vier. Wenn man mal bei Stadium vier angekommen ist, dauert es nicht mehr lange."

Elijahs Hände umklammerte den Stock. Einen Moment sah er vor sich hin. Für Sekunden blitzten Erinnerungsfetzen in ihm auf. Dann riss er sich wieder davon los, blickte auf und fuhr fort: „So ist diese Idee in meinem Kopf entstanden. Wenn es so jemanden wie mich auf dieser Welt gibt und ich an einem Ende der Skala stehe... müsste es dann nicht auch jemanden geben, der das genaue Gegenteil von mir ist, der das andere Ende der Skala bezeichnet? Jemand, der sich nicht verletzen kann, der nicht krank wird. Vielleicht war das diesem Menschen noch gar nicht aufgefallen. Ich meine jemanden von der Art, wie sie in diesen Geschichten vorkommen."

Elijah nahm seinen Stock und deutete damit durch die offene Tür nach draußen in den Ausstellungsraum. „Ein Mensch, der dazu da ist, die anderen zu beschützen... und zu führen."

David und Joseph hatten schweigend zugehört. Jeder war auf seine Weise von Elijahs Worten beeindruckt. Während David die Fantasie des Mannes bewunderte, ansonsten aber am liebsten den Kopf geschüttelt hätte über so viel Unsinn, war Joseph von fasziniertem Staunen erfüllt.

„Sie glauben, mein Vater ist ein –", setzte er an, doch Elijah fiel ihm ins Wort.

„Im Moment glaube ich gar nichts. Es ist nur eine Möglichkeit. Eine mit einer ganzen Menge Löcher."

Joseph führte seinen Strohhalm zum Mund, ohne Elijah aus den Augen zu lassen. Doch ehe er trinken konnte, legte David seine Hand auf den Becher und hielt ihn davon ab. „Du solltest nichts mehr davon trinken", sagte er. Der Junge sah seinen Vater erstaunt an. „Wirf den Becher weg", verlangte David. „Und zwar *jetzt!*" Widerwillig erhob sich Joseph. Er ahnte wohl, dass David mit Elijah unter vier Augen sprechen wollte.

Kaum war der Junge fort, da sagte David mit gedämpfter Stimme: „Ich treffe Leute wie Sie in meiner Arbeit jeden Tag. Sie suchen sich jemanden aus, von dem Sie glauben, Sie könnten Ihr Spielchen mit ihm spielen. Erst tischen sie eine unglaubliche Geschichte auf, und wenn Sie Ihr Opfer da haben, wo Sie es haben wollen, kommt die entscheidende Frage: ‚Kann ich Ihre Kreditkartennummer haben? Es geht nur um eine kleine Anzahlung.'" David schüttelte den Kopf und lachte bitter. Dann sah er Elijah wieder an. „Heute Morgen hab ich seit langem wieder einmal die Augen aufgemacht, ohne diese... Traurigkeit zu spüren. Ich dachte, derjenige, der mir diese Worte geschrieben hat, hat vielleicht die Antwort auf all meine Fragen: Warum ich das Zugunglück als Einziger überlebt habe? Warum mein ganzes Leben sich irgendwie... falsch anfühlt?“

David hörte Schritte von nebenan. Joseph kam zurück. Gerade als dieser sich wieder setzen wollte, erhob sich David. „Ich werde jetzt gehen“, sagte er. „Viel Erfolg mit Ihrer Ausstellung.“ Er wandte sich um, nahm Joseph an der Hand und ging zur Tür.

Unterdessen stand auch Elijah auf. „Eine Frage noch, David“, rief er ihm nach. David blieb stehen. „Sie haben vorhin davon gesprochen, Sie würden bei Ihrer Arbeit Leute wie mich treffen. Welche Arbeit ist das?“

„Ich arbeite im Football-Stadion der Universität“, teilte David mit, ohne sich umzudrehen. „Ich bin dort für die Sicherheit zuständig.“

Regungslos stand Elijah da, während die beiden die Galerie verließen. Er lauschte auf ihre Schritte. Dann trat er ans Fenster und beobachtete, wie sie die Straße überquerten. Die eine bohrende Frage wollte ihm keine Ruhe lassen: War David der Mann, auf den er so lange gewartet hatte? Manches sprach dafür, mehr noch dagegen. Und dennoch...

7

David knipste seine Nachttischlampe an. Er hatte früh zu Bett gehen wollen, doch jetzt konnte er nicht einschlafen. Ganz anders als Joseph, der friedlich schlummernd neben ihm lag. Die Begegnung mit Elijah Price ging David nicht aus dem Kopf. Schon möglich, dass dieser Mann verrückt war, aber er hatte trotzdem etwas ungemein Fesselndes. In ihm verband sich die Fantasie eines Kindes mit der kühlen Logik eines Erwachsenen. Doch zwischen diesen beiden Seiten schien kein Ausgleich zu bestehen, der jede von ihnen auf ein vernünftiges Maß zurückgeführt hätte. Alles ins Extreme übersteigerte aber führte irgendwann zu Gewalt und Grausamkeit.

Und was, wenn Elijah doch Recht hatte? David musste an diese Filme denken, in denen zuerst niemand an die Existenz von Geistern, Außerirdischen oder einer Verschwörung glauben mochte, bis es zu spät war. Im nächsten Moment verwarf er den Gedanken jedoch wieder. Das hier war kein Film. Es war das Leben. Und wenn man eines mit dem anderen verwechselte, war man genau da, wo Elijah sich befand.

David setzte sich im Bett auf und holte einen Zeitungsausschnitt aus seinem Nachtkästchen. „131 Tote bei Zugunglück", las er in der Schlagzeile, „nur ein Überlebender". Er hatte diesen Artikel unzählige Male gelesen, als hoffe er, zwischen all den Fakten die Antwort auf seine Fragen zu finden. Gleichzeitig wusste er, dass die dürren Fakten ihm keine Antworten geben würden. In gewisser Weise beneidete er Elijah. Wie absurd seine Theorie auch sein mochte, sie bot ihm immerhin eine Erklärung. Sie wies ihm seinen Platz in der Welt. Er sollte sich besser damit zufrieden geben, statt nach Beweisen zu suchen, die es nicht geben konnte.

So leise wie möglich, um Joseph nicht zu wecken, stand David auf. Der matte Schein der Nachttischlampe reichte kaum zwei Meter, dahinter verlor das Schlafzimmer sich im Halbdunkel. In einer Ecke des Raumes befand sich eine Tür, die zu einer kleinen Abstellkammer führte. Den Zeitungsartikel in der Hand trat David ein. Er knipste eine Glühbirne an, die schmucklos von der Decke hing. Dann zog er die Tür hinter sich zu.

Der Raum bot zwischen zwei Regalen gerade ausreichend Platz für einen Menschen. David fasste in das oberste Regalfach. Er schob eine alte Reisetasche beiseite und griff weiter nach hinten. Er holte einen Gegenstand herunter, der in ein zerrissenes, öliges T-Shirt eingewickelt war. Seine alte Smith&Wesson. Er wickelte sie aus und sah sie sich an. Bisher hatte er sie noch nicht benutzt. Und er hoffte auch, dass es dabei blieb. David schlug das T-Shirt wieder um den Revolver, legte ihn zurück in das oberste Fach und schob ihn mit den Fingerspitzen so weit nach hinten, dass er ihn eben noch erreichen konnte. Dann tastete er auf dem Brett herum, bis er etwas anderes fühlte. Eine Mappe. Danach hatte er gesucht.

Die Mappe enthielt Zeitungsausschnitte, die David im Laufe der Jahre gesammelt hatte. Ausdruckslos sah er auf die alten Schwarz-Weiß-Bilder, die ihn nach einem Footballspiel in voller Ausrüstung zeigten, wie er triumphierend einen Pokal in die Luft hielt. Es gab noch eine ganze Menge anderer in dieser Mappe, allesamt Lobeshymnen auf ihn. Die schreibende Zunft war sich mit allen Fachleuten über seine Qualitäten als Quaterback einig gewesen und hatte ihm eine glanzvolle Karriere prophezeit. Damals war er mächtig stolz auf die guten Kritiken gewesen. Doch im Rückblick betrachtet war David sich schon seit langem klar, dass schon damals eine Spur dieser Traurigkeit in ihm gewesen war, die ihn mittlerweile fast erwürgte.

Langsam blätterte David weiter, bis er auf ein Foto stieß, das ein ziemlich demoliertes, auf dem Dach liegendes Auto zeigte. „Zwei Verletzte bei lebensgefährlichem Autounfall“, lautete die Überschrift.

David erinnerte sich genau an jene Winternacht, in der er von einer Party nach Hause gefahren war. Die Straße war glatt gewesen, er war zu schnell in eine Kurve gefahren, und da war es passiert. Audrey wäre in dem Auto fast umgekommen. Trotzdem brachte der Unfall für sie eine glückliche Wendung. Sie hasste Football und wollte ihr Leben nicht mit einem Footballspieler teilen. Deshalb stand sie kurz vor der Trennung von David. Nach dem Unfall ließ David verlauten, er habe sich bei dem Unglück das Knie so schwer verletzt, dass er seine Karriere als Footballspieler beenden müsse. Dadurch stand einer Heirat nichts mehr im Wege.

David hielt die Artikel über das Zugunglück und seinen Autounfall nebeneinander. Die Glühbirne flackerte einen Augenblick lang. Für Elijah passten die beiden Vorfälle nicht zusammen, zumindest nicht, wenn David derjenige gewesen wäre, den Elijah suchte. Ein großes Loch hatte er die Tatsache von Davids Verletzung genannt. Das war sie wirklich, wenn auch auf andere Weise als Elijah annahm. Er wusste nicht, was David wusste.

In diesem Moment vernahm David ein sanftes Klopfen an die Schlafzimmertür. Er zuckte zusammen. Hastig steckte er den neuen Zeitungsausschnitt zwischen die anderen, klappte die Mappe zu und legte sie zurück an ihren Platz.

Es klopfte erneut. David warf einen kurzen Blick auf Joseph, der ungestört weiterschlief. Dann öffnete er die Tür. Audrey stand vor ihm. „Hi", sagte er mit gedämpfter Stimme.

Audrey lächelte verhalten. Die beiden sahen sich an. Immer wenn sie sich begegneten herrschte im ersten Moment dieses beklemmende Schweigen. Wie zwischen zwei Fremden. „Ich habe eine Entscheidung getroffen", sagte Audrey schließlich unvermittelt.

David sah sie erstaunt an. „Wirklich?", sagte er. Er hatte gedacht, zwischen ihnen beiden sei alles so gut wie entschieden.

„Aber vorher möchte ich, dass du mir eine Frage beantwortest", meinte Audrey. Sie schluckte, strich nervös ihr langes Haar hinters Ohr, ehe sie fortfuhr: „Du kannst ganz ehrlich sein, okay? Ich bin auf jede Antwort vorbereitet, egal, wie sie ausfällt. Es wird mir nichts ausmachen." Sie sah David an. Er nickte. Daraufhin wurde ihr Blick noch ernster, ihre Miene noch angespannter. „Warst du mit irgendjemandem zusammen?", fragte sie dann. „Ich meine seit der Zeit, in der es zwischen uns nicht mehr so läuft. Sei bitte ehrlich, es wird mich in keiner Weise berühren, was du auch immer sagst. Ich muss es nur einfach wissen."

Während David seinen Blick nicht von ihr abwandte, musste er an Kelly denken. Es hatte noch ein paar Situationen dieser Art gegeben, mit ähnlichem Ergebnis. Im Nachhinein hatte er es nie bedauert, dass nichts daraus geworden war. Keine dieser Frauen hatte ihn wirklich interessiert. Keine hätte ihm die Bestätigung und Sicherheit gegeben können, deren er so dringend bedurfte. Das konnte nur Audrey, denn sie war die einzige Frau, die er liebte. „Es gab niemanden", sagte David nach langem Schweigen.

Audreys Blick zuckte kurz weg, kehrte aber gleich wieder zurück. Ihre Mundwinkel zitterten. Sie hatte sich vorgenommen, nicht zu weinen, doch nun liefen doch ein paar Tränen aus ihren Augen. Hastig wischte sie sie weg.

„Hier ist also meine Entscheidung", sagte sie dann. „Ich möchte, dass wir es noch einmal miteinander versuchen. Irgendwie stehen wir an einem Neuanfang. Tun wir einfach so, als ob es so wäre, als ob es all die Missverständnisse nicht gegeben hätte." David sah sie fragend an. Er hatte mit vielem gerechnet, nur nicht damit. „Die Sache mit dem Zugunglück und dass dir dabei nichts passiert ist... das hat etwas zu bedeuten", erklärte sie. „Du hast eine zweite Chance gekriegt. Wir haben eine zweite Chance gekriegt. Wenn du mich also fragen würdest, ob wir wieder einmal zusammen ausgehen, würde ich dich nicht zurückweisen."

Sprachlos stand David da. Audrey wandte sich um, ging zur Treppe und kehrte zurück in ihr Zimmer. David beobachtete jeden ihrer Schritte, wartete, bis er hörte, wie die Tür zu ihrem Zimmer sich schloss. Auch danach stand er noch eine Weile da und starrte in das Dunkel.

Samstag Nachmittag. Die Franklin State Warriors hatten ein Heimspiel. Für David und die anderen Sicherheitsleute des Stadions war Stress angesagt. Immer wieder ließen sie ihre Blicke prüfend über die Menge schweifen, die sich an den verschiedenen Eingängen, vor Würstchenständen und Getränkebuden drängte. Zwischen ganz gewöhnlichen Leuten und Familien mit Kindern fanden sich immer wieder ausgeflippte Typen. Eingefleischte Fans hatten eben ihre Spleens. Doch unter diesen Ausgeflippten galt es die herauszufinden, die gefährlich werden konnten.

Langsam schritt David gerade eine Reihe von Leuten ab, die hinter Absperrgittern an einer Einlassschranke warteten. Manche von ihnen trugen Mützen, Jacken und T-Shirts mit dem Emblem der Warriors, andere hatten sie sich sogar auf die Arme tätowieren lassen. Immer wieder fanden sich ein paar zusammen, um den Schlachtruf ihrer Mannschaft zu skandieren, der dann weithin durch die Gänge hallte. Eine Gruppe junger Mädchen stand kichernd beieinander. Auf ihren T-Shirts, die sich über ihren üppigen Brüsten spannten, stand zu lesen:

„Wir schlafen nur mit Quaterbacks!“ So ein Pech, dass aus meiner Karriere nichts geworden ist, dachte David ironisch.

Da erklang eine Stimme aus Davids Walkie-Talkie. George Jenkins, einer seiner Kollegen, hatte einen Typen festgehalten, der mit einer gefälschten Eintrittskarte hereinkommen wollte und sich nun auf David als einen Bekannten berief.

„Allerdings will er uns seinen Namen nicht nennen“, erklärte George.

„Wie sieht er aus?“, wollte David wissen.

„Na ja, seine Augen sind irgendwie auffallend“, entgegnete George zögernd. „Was soll das eigentlich für eine Frage sein? Kommst du nun oder nicht?“

David überlegte kurz. Die ganze Zeit hatte er seine Umgebung keine Sekunde aus den Augen gelassen. „Schick ihn nach Hause“, sagte er schließlich. „Ich hab keine Lust, den ganzen Weg bis 17C zu laufen.“

„Okay, er ist schon so gut wie weg. Sein Gehabe geht mir sowieso auf den Geist. Rennt mit schwarzen Handschuhen, einem Spazierstock aus Glas und feinen Klamotten durch die Gegend und –“

Schwarze Handschuhe? Spazierstock aus Glas? Das konnte nur Elijah sein. Aber wieso nannte er nicht einfach seinen Namen? „Warte mal, Jenkins“, sagte David. „Ich komme doch schnell rüber.“

Eiligen Schritts durchquerte David die Gänge, die sich allenthalben mit Menschen füllten. Er fragte sich, was Elijah noch von ihm wollte. Hatte er ihm nicht deutlich genug klar gemacht, dass er sich auf seine Hirngespinste nicht einlassen wollte?

Nach eine Weile erreichte er Eingang 17C. Auf seinen Spazierstock gestützt wartete Elijah in der Nähe einer Wand. Er wirkte hier irgendwie fehl am Platz, weshalb er sich auch entschlossen zu haben schien, nichts in seiner Umgebung zur Kenntnis zu nehmen. In sich gekehrt stand er da und riskierte nur gelegentlich einen Blick, um nach David Ausschau zu halten. Als er ihn nun erblickte, lockerte sich seine zuvor etwas angespannte Haltung. Er streckte David die Hand entgegen, doch der beachtete sie nicht.

Wenn ihm diese Unfreundlichkeit etwas ausmachte, dann ließ Elijah sich dies zumindest nicht anmerken, sondern sagte stattdessen: „Man hat mir gesagt, ich käme mit diesem Ticket nicht herein." Er hielt David die Eintrittskarte hin. Der sah auf den ersten Blick, was daran faul war. „Die ist ja für das Spiel von vergangener Woche", sagte er erstaunt.

Elijah lächelte. „Dann wird mir einiges klar", sagte er, allerdings ohne eine Spur von Ärger. „Man sollte Eintrittskarten wohl besser nicht auf Parkplätzen kaufen."

David sah ihn prüfend an. Er fragte sich, ob Elijah wirklich so naiv gewesen sein konnte, oder ob er es nicht vielmehr darauf angelegt hatte, von der Sicherheit aufgehalten zu werden. „Sie sind wohl kein ausgeprägter Sportfan", stellte David fest.

„Ich fange gerade an, mich dafür zu interessieren", erwiderte Elijah.

„Was wollen Sie?"

„Bestimmt kein Geld", versicherte Elijah und streckte besänftigend die Hand aus. „Aber ich schätze Ihre gesunde Skepsis in unserer Angelegenheit. Es ist für uns beide das Beste, wenn wir nur mit größter Vorsicht fortfahren."

David sah ihn erstaunt an. Die Hartnäckigkeit des Schwarzen war erstaunlich. „*Unsere* Angelegenheit?", versetzte er. „Sie vergessen wohl, dass ich von dieser Angelegenheit nichts mehr wissen will."

„Sie stecken aber schon mittendrin. Und es gibt keinen Weg, der Sie herausführt." Elijah hielt inne und sah David eindringlich an, mit einem Blick, der jede weitere Diskussion abschnitt. Dann sah er sich um. „Wie kommt es eigentlich", sagte er, „dass Sie sich von all den Berufen, die es gibt, ausgerechnet diesen ausgesucht haben: Menschen zu beschützen?"

„Sie sind ein sehr eigenartiger Mensch, Elijah", entgegnete David nur. Elijah lächelte. Für ihn war das wohl ein Kompliment.

„Sie hätten zum Beispiel auch Steuerberater werden oder ein eigenes Fitness-Studio eröffnen können", fuhr er unbeirrt fort. „Vielleicht hätten Sie auch eine Restaurantkette begründen können. Es gibt unzählige Möglichkeiten. Die ganze Welt wäre Ihnen offen gestanden. Und dennoch haben Sie sich dazu entschlossen, Menschen zu beschützen. Sie haben diese Entscheidung gefällt, und das finde ich sehr interessant." Elijah trat näher und streckte seine Hand in Richtung von Davids Unterarm aus. Doch er berührte ihn nicht. „Jetzt brauche ich nur noch Ihre Kreditkartennummer", sagte er mit einem Lächeln in den Mundwinkeln. David sah ihn erstaunt an. „Das war ein Witz", fügte Elijah hinzu.

David blieb jedoch ernst. „Ich habe diesen Job lediglich, weil mein früherer Trainer im Collegeteam den Kerl kennt, der das Stadion leitet. Es ist nur ein Zufall, nichts, das etwas bedeutet." In diesem Moment erklang eine Stimme aus dem Funkgerät, das David an seinem Gürtel trug. Ein deutliches Zeichen, dass er gebraucht wurde. „Ich muss los", teilte er mit. „Wenn Sie wirklich das Spiel sehen wollen, kann ich Sie auch ohne Karte reinbringen."

Elijah nickte. David wandte sich um und ging los. Elijah hatte alle Mühe, mit ihm Schritt zu halten. Sie näherten sich einem der Eingänge, vor denen die Menschenschlange von Minute zu Minute immer länger wurde. Zehn Minuten vor dem Anpfiff war es immer am hektischsten. Während David die Reihe abschritt, war ihm plötzlich, als zucke etwas durch ihn hindurch. Wie ein schwacher Stromschlag fühlte es sich an. David wandte sich um. Er hatte eben einen Mann in einer Armeejacke passiert. Nun sah er ihn mit einem kurzen, aber eindringlichen Blick an. Der andere sah sofort weg. David ging weiter. Der Kerl gefiel ihm nicht.

David trat zu dem Sicherheitsposten, der am Beginn der Schlange neben dem Einlass stand. „Tastest du mal ein paar Leute ab, Dick?“, sagte er. Der Angesprochene nickte. Während er anfing, Leibesvisitationen durchzuführen, blieb David ganz in der Nähe stehen. Elijah trat neben ihn. „Gibt es ein Problem?“, fragte er.

„Der Kerl im grünen Tarnanzug“, erklärte David mit gedämpfter Stimme. „Manchmal versuchen Leute, Waffen ins Stadion zu schmuggeln. Später schütten sie Bier in sich rein und verlieren langsam die Kontrolle über sich. Wenn die eigene Mannschaft dann nicht so spielt, wie sie es sich wünschen, kann das böse enden. Deshalb tasten wir immer wieder Leute ab, um den Gefährlichen unsere Wachsamkeit zu demonstrieren. Wenn er –“ David wies mit einer Bewegung des Kopfes auf den Mann in der Armeejacke – „wirklich eine Waffe bei sich hat, wird er gleich aus der Schlange ausscheren.“

Gespannt beobachtete Elijah, wie der Sicherheitsbeamte an der Schranke einen Mann nach dem anderen abtastete. Die Besucher ließen die Prozedur geduldig über sich ergehen. David ließ unterdessen den Mann mit der Armeejacke nicht aus den Augen. Sein ganzes Äußeres machte ihn verdächtig. In seinem Blick war ein unruhiges Flackern, die Mundwinkel zuckten immer wieder nervös. Noch waren ungefähr zwanzig Leute vor ihm. Wie es aussah, überlegte er angestrengt. Er hatte bemerkt, dass David ihn ansah. Sollte er ruhig. Es dauerte nicht mehr lange, bis der Verdächtige sich tatsächlich aus der Schlange löste und in der Menge untertauchte. Über Funk verständigte David sofort die anderen Sicherheitsleute und gab eine Beschreibung des Mannes durch.

Anschließend wandte er sich Elijah zu. „Bis das Spiel angepfiffen wird, habe ich noch zu tun“, erklärte David. „Wenn Sie hier so lange auf mich warten, bringe ich Sie nachher rein. Oben unter dem Dach ist immer noch Platz frei. Das ist zwar Gepäcknetz, aber wenigstens spuckt Ihnen keiner auf den Kopf.“

Elijah nickt. Dann verschwand David in der Menge.

Dem Schwarzen gefiel die Art, wie David mit den Aufgaben in seinem Job umging. Er blieb auch in heiklen Situationen besonnen, war umsichtig und verfolgte konsequent jeden Verdacht. Vor allen Dingen aber schien er Eingebungen zu haben, und das unterschied ihn von allen, die lediglich einen guten Job machten. Einen besseren Schutzengel wie ihn konnten die Menschen, konnte Elijah sich nicht wünschen.

David hielt sein Versprechen. Kaum hatte das Spiel begonnen, kam er zurück. Aus dem Stadionrund hallte der ausgelassene Jubel der Fünfundvierzigtausend durch die Gänge. Sonnenlicht flutete durch hohe Fenster herein.

David brachte Elijah zu den obersten Rängen. Schweigend folgte ihm der Schwarze, blieb dabei zwei Schritte hinter ihm. Doch David spürte die Blicke, mit denen er ihn ansah.

Den Schwarzen beschäftigte noch immer der Vorfall mit dem Mann im Kampfanzug. „Woher wussten Sie, dass er eine Waffe bei sich hat?“, fragte er, kaum dass sie oben angekommen waren und er sich ein wenig verschnauft hatte.

„Ich wusste es nicht“, entgegnete David. „Vielleicht war es nur die Armeejacke. Damit trägt jemand auch eine Gesinnung zur Schau. Und zu dieser gehören Schusswaffen und Jagdmesser.“

„Sie glauben, er hatte ein Messer?“

„Ich glaube, dass er irgendetwas bei sich getragen hat, nicht mehr und nicht weniger.“

„Dann ist es also kein Messer.“

David fragte sich, worauf Elijah hinauswollte. Aber er fragte sich auch, wieso er tatsächlich eine sehr feste Vorstellung von dem hatte, was im Gürtel dieses Mannes steckt. Er war sich absolut sicher, dass es kein Messer war. „Irgendwie muss ich an einen silbernen Revolver mit einem schwarzen Griff denken“, sagte er. „Er hat ihn hinten in seinem Gürtel stecken. Aber wahrscheinlich habe ich dieses Bild nur deshalb im Kopf, weil man das ständig so im Fernsehen sieht.“

Elijah musterte David einen Augenblick schweigend. Aus dem Stadion drang in Abständen immer wieder der frenetische Jubel der Zuschauer herauf. „Sie haben in diesen Fragen ziemlich gute Instinkte, was?“, sagte Elijah schließlich. David sah ihn an. „Was meinen Sie mit ‚diesen Fragen‘?“

„Na ja, wenn es darum geht, ob jemand was Böses getan hat. Sie haben ein Gefühl dafür.“

David hatte bisher noch nicht darüber nachgedacht. Schon möglich, dass er einen guten Instinkt hatte. Nicht zuletzt deshalb vertrauten ihm alle hier im Stadion. Aber das war doch nichts Ungewöhnliches. Mit der Zeit lernte man die Menschen eben einzuschätzen.

„Haben Sie schon mal daran gedacht, das zu trainieren?“, wollte Elijah wissen.

„Trainieren? Was denn?"

„Ihre Fähigkeiten."

Langsam begann David sich unwohl zu fühlen. Elijah bekam wieder diesen merkwürdigen Glanz in den Augen, der Ton seiner Stimme änderte sich. David hatte keine Lust, sich Elijahs abwegige Theorien nochmal anzuhören. „Ich muss während des Spieles am Spielfeldrand stehen", sagte er und wandte sich schon halb ab.

Elijah schien ihn gar nicht zu hören. Er hatte wieder Feuer gefangen. „Die Charaktere in Comics haben oft besondere Fähigkeiten", erklärte er. „Manche sind unsichtbar, andere haben Röntgenaugen."

David blieb stehen und sah Elijah mit zusammengezogenen Brauen an. „Werden Sie niemals mit diesem Unsinn aufhören?", sagte er verärgert. „Ich habe keine Lust mehr darauf!"

„Natürlich ist das alles eine Übertreibung der Wirklichkeit", fuhr Elijah unverdrossen fort. „Vielleicht basiert es auf der Erfahrung eines besonderen Instinkts. Die Erzähler aller Zeiten hatten schon immer eine Neigung zur Mystifizierung."

„Vielleicht hat der Mann ja auch überhaupt nichts bei sich gehabt. Vielleicht ist er nur aus der Schlange gegangen, weil er dringend mal pinkeln musste."

Elijahs Blick wurde noch stechender. „Vielleicht hat er aber auch einen silbernen Revolver mit einem aufgerauten Griff hinten in seinem Gürtel stecken gehabt." Die Festigkeit seiner Stimme ließ keinen Zweifel daran, dass er absolut davon überzeugt war.

David war es endgültig leid. Er war froh, als er über Funk nach unten gerufen wurde. „Ich muss jetzt wirklich gehen", teilte er mit.

„Noch eine letzte Frage“, sagte Elijah.

„Was?“

„Ich muss immerzu an Ihren Autounfall denken. Saßen Sie alleine im Wagen oder war noch jemand bei Ihnen?“

David wandte sich Elijah wieder zu. Er konnte sich nicht denken, was das für einen Unterschied machen sollte. „Mein jetzige Frau Audrey war noch dabei“, teilte er mit. Elijah nickte. Es war eines von diesen Nicken, die sagen wollten: Ich weiß, dass bei dieser Sache irgendwas nicht stimmt. Und ich werde herausfinden, was. David schlug die Augen nieder. Dann drehte er sich um und ging. Über die Schulter hinweg verabschiedete er sich von Elijah. „Leben Sie wohl, Elijah. Und kaufen Sie in Zukunft Ihre Eintrittskarten besser an den autorisierten Verkaufsstellen.“ Das alles klang so, als ob er nicht davon ausgehe, Elijah jemals wiederzusehen.

Der Schwarze sah David nach, bis er von einem dunklen Durchgang verschluckt wurde. Aus dem Stadion drang gerade wieder begeisterter Jubel. Unsere Wege haben sich nicht zum letzten Mal gekreuzt, dachte Elijah.

Nachdem er zehn Minuten des Spiels gesehen hatte, wusste Elijah, dass es ihn nicht interessieren würde. Er verließ seinen Platz und ging den langen Weg zum Ausgang. Hinter seiner Stirn jagten sich die Gedanken, die immer nur um die eine Frage kreisten: War David der Mann, den er suchte – der Mann, den er brauchte? Sein Gefühl, seine *Intuition* bejahte heftig. Aber ehe er David in alles einweihen durfte, mussten sämtliche Widersprüche zweifelsfrei ausgeräumt werden. Erst wenn er bereit war, die ihm vom Schicksal zugedachte Rolle einzunehmen, würde alles endlich einen Sinn ergeben.

In diese Gedanken versunken trat Elijah schließlich ins Freie. Er wandte sich dem Parkplatz vor dem Stadion zu. Dort stand auch sein alter Bentley. Eine Spezialanfertigung, die er für seine Bedürfnisse in Auftrag gegeben hatte. Lenkrad, Armaturen, alles, woran er sich hätte stoßen können, war mit einem weichen Material gepolstert.

Elijah schloss den Wagen auf und stieg ein. Gleich darauf startete er den Motor. Doch ein Blick in den Rückspiegel ließ ihn zusammenfahren. Der Mann in der Armeejacke! Er war höchstens zehn Meter von ihm entfernt und überquerte gerade den Parkplatz. Elijah sah darin einen Wink des Schicksals. Hastig stellte er den Motor ab und stieg aus.

Der Mann hatte es offensichtlich eilig, denn er legte ein ziemliches Tempo vor. Elijah versuchte ihn einzuholen. Während der Mann stehen blieb, um die Autos durchzulassen, ehe er die Straße überquerte, hastete Elijah auf ihn zu. Er wusste, wie gering seine Chance war, ihn einzuholen. Aber er musste es trotzdem versuchen. Zu viel hing davon ab.

Klick – klick – klick! So schlug der Spazierstock den Takt. Im Nu begann Elijah am ganzen Körper zu schwitzen. Sein Herz raste. Er war solche Anstrengungen nicht gewöhnt.

Genau in diesem Moment riss der Verkehr ab, der Mann setzte zum Überqueren der Straße an. „Warten Sie bitte einen Augenblick!“, rief Elijah ihm hinterher. Der Fremde konnte ihn nicht hören, denn Elijah war so außer Atem, dass der Ruf eigentlich nur einem Flüstern gleichkam. Ohne nach links oder rechts zu schauen, stürzte Elijah auf die Straße. Autos bremsten mit quietschenden Reifen, Hupen plerrten. Elijah achtete nicht auf sie, überhörte auch die Schimpfworte und Flüche der Fahrer. Er sah nur die Armeejacke vor sich, der er blindlings folgte. Ihr Träger ging auf einen Eingang zur Untergrundbahn zu. „Warten Sie doch!“, rief Elijah nochmal, diesmal etwas lauter. „Ich möchte Sie nur etwas fragen!“.

Der Mann hörte noch immer nicht. Im nächsten Augenblick verschluckte ihn der Eingang. Inzwischen hatte auch Elijah die andere Straßenseite erreicht. Doch die schweren Stiefelschritte des Mannes hämmerten schon die Eisentreppe hinab. Der Schwarze rang sich die letzten Reserven ab, hetzte vorwärts, jeder Schritt war eine Qual. Als er den U-Bahn-Eingang erreichte, verschwand der Mann durch einen Gang tiefer im Bauch des Untergrunds.

„So warten Sie doch!“, rief Elijah ihm hilflos hinterher. Die unzähligen Stufen jagten ihm einen gewaltigen Schrecken ein. Sie kamen ihm vor wie die Zähne in einem gefräßigen Maul, das ihn zu verschlingen drohte. Trotzdem ließ Elijah sich nicht davon abschrecken. Als Kind hatte er sich entschlossen, keine Angst zu haben, und er wollte jetzt nicht damit anfangen.

Er nahm die erste Stufe, dann die zweite, die dritte. Schneller, als er es sich jemals zuvor getraut hatte. Eine Hand hielt sich krampfhaft am Geländer fest, die andere klammerte sich an den Knauf des Spazierstockes. Elijahs Knie zitterten. Von unten kam plötzlich ein trockener, übelriechender Wind auf, der ihm den Atem verschlug. Ein Zug ratterte durch den Tunnel heran.

Elijah begriff, dass er sich beeilen musste. Er ließ auch die letzte Vorsicht fahren, sprang eine weitere Stufe hinab, dann die nächste. Sein Fuß traf nur die Kante der

Eisenstufe, rutschte ab, stieß mit voller Wucht auf die nächste. Elijah erschrak und wankte. Als er sich auf seinen gläsernen Stock stützen wollte, rutschte der ebenfalls weg und glitt seinem Besitzer aus der Hand. Er schlug auf den Stufen auf und zerbrach klirrend in tausend Stücke.

Elijah fiel. Er hörte das auf schreckliche Weise vertraute Knacken und Krachen seiner Knochen, als er wieder und wieder auf die Stufen knallte, dabei tiefer und tiefer rutschte. Alles um ihn herum drehte sich. Im Gebrüll der einfahrenden U-Bahn hörte niemand seine Schreie. Zuletzt landete er auf dem Pflaster am Fuße der Treppe. Sein Körper war nur noch ein nutzloses Bündel, dessen einziger Zweck es zu sein schien, ihm Leid und Schmerz zu verursachen. Mühsam schlug Elijah die Augen auf. Da sah er, wie der Mann in der Armeejacke stehen geblieben war und ihn anstarrte. Er stand kurz vor der Schranke, die zum Bahnsteig führte. Im nächsten Moment wandte er sich wieder um und überwand die Schranke mit einem Satz. Dabei flatterte seine Jacke hoch. Das letzte, was Elijah wahrnahm, ehe er in tiefe Bewusstlosigkeit sank, war der silberne Revolver mit schwarzem Griff, der hinten im Gürtel des Mannes steckte.

8

In den gutbürgerlichen Vorstädten mit ihren freundlichen kleinen Einfamilienhäusern wirkte Philly, wie die Bewohner Philadelphias ihre Heimatstadt liebevoll nannten, so beschaulich wie eine Kleinstadt. Hier war nichts zu spüren von den sozialen Konflikten anderer Viertel und ebenso wenig von den Touristenströmen, die sich tagtäglich in die Old Town ergossen, das Stadtzentrum Philadelphias, in dem beinahe jeder Quadratmeter von amerikanischer Geschichte getränkt war. Jeden Morgen fuhr David aus der Vorstadt mit dem Bus zum Stadion und am Abend wieder zurück. Nach viel Regen hatte sich an diesem Tag endlich wieder einmal die Sonne sehen lassen. Jetzt, da der Tag sich gegen Abend neigte, hauchte die Abendsonne wie zum Abschied ein zartes Rosa an die Fassaden, bevor sie langsam verschwand.

Der Bus hielt an einem kleinen Park an und die Türen fuhren zischend auseinander. David stieg als Erster aus. Seine Tasche in der Hand ging er den Bürgersteig hinab. Im Park rannte eine Hand voll Kinder lärmend hinter einem Football her. Plötzlich blieb David stehen, denn er glaubte, Josephs Stimme gehört zu haben. Und richtig. Der Junge hatte seinen Vater ebenfalls bemerkt und kam jetzt freudestrahlend auf ihn zu.

„Joseph“, empfing David seinen Sohn kopfschüttelnd, „du sollst doch nicht Football spielen. Du weißt ganz genau, dass deine Mutter das nicht möchte.“

Joseph nickte. Aber er schien weder verlegen zu sein noch Reue zu empfinden. „Wirst du es ihr verraten?“, fragte er nur.

David sah ihn an und schüttelte den Kopf. Die Wangen des Jungen glühten noch, Schweiß stand auf seiner Stirn. David hielt nicht viel davon, seinem Sohn das Footballspielen zu verbieten. Jungs liebten dieses Spiel nun mal, weil sie sich dabei austoben konnten. Wenn Audrey behauptete, es vermittle den Kindern ein falsches Wertesystem, in dem der Rücksichtsloseste sich durchsetzte, dann konnte David nur die Stirn runzeln. Es war doch nur ein Spiel. Aber da Audrey in diesem Punkt hart blieb und er keine Lust auf fruchtlose Diskussionen hatte, hatte er irgendwann aufgegeben, sie umstimmen zu wollen.

„Willst du nicht auch mitspielen?“, fragte Joseph nun. „Wir könnten noch einen Erwachsenen gebrauchen. Potters Cousin ist nämlich auch dabei. Du könntest unsere Mannschaft verstärken.“

David sah hinüber zu den Kindern. In ihrer Mitte stand ein kräftig gebauter Mann Anfang zwanzig. David hatte schon von ihm gehört. Spielte er nicht Cornerback in der Mannschaft der Temple University? Ein vielversprechendes Talent, wie es hieß. Angeblich hatte man ihm erst vor kurzem einen Profivertrag angeboten. Einen Moment lang kam es David so vor, als begegne er in dem jungen Mann sich selbst in der Blüte seiner Jugend. Lange vorbei.

„Du könntest ihn schlagen, Dad“, sagte Joseph indes eifrig. „Du könntest *alle* schlagen.“

David blickte auf seinen Sohn herab. Das Glühen in seinen Augen befremdete ihn. Seit dem Besuch in Elijahs

Galerie schien Joseph davon überzeugt zu sein, dass sein Vater eine Art Superheld war. David bereute es, ihn dorthin mitgenommen zu haben. Aber wie hätte er ahnen sollen, mit welch einer irrsinnigen Theorie Elijah aufwarten und was für eine Wirkung sie auf seinen Sohn haben sollte?

„Ich geh nach Hause“, sagte er schließlich nur.

„Bitte!“, bettelte Joseph. „Nur beim letzten Down. Ich hab allen erzählt, wie toll du bist. Sie sind schon ganz gespannt auf dich.“

David zog die Augenbrauen zusammen. „Warum tust du das?“, fragte er missgelaunt. Joseph antwortete nicht, sah ihn nur weiter flehend an. Aber sein Vater blieb hart. „Ich muss los“, sagte er. „Hab noch was anderes zu tun.“ „Was denn?“

„Ich möchte mal wieder Krafttraining machen.“

„Ich helfe dir“, rief Joseph sogleich begeistert.

„Es gibt nichts, womit du mir dabei helfen könntest.“

Aber Joseph hörte ihn schon nicht mehr. Er wandte sich zu den anderen Kindern um, legte die Hände an den Mund und rief ihnen zu, dass er nicht mehr mitspielen könne, weil er seinem Vater beim Krafttraining helfen müsse. David, dem die Bewunderung seines Sohnes eigentlich schmeicheln hätte sollen, wurde dadurch eher von Unbehagen erfüllt, denn er fürchtete, den Jungen eines Tages doch nur wieder zu enttäuschen.

Joseph nahm die Hand seines Vater, und so gingen sie heim. Als sie das Haus betraten, hörten sie Audrey in der Waschküche hantieren. David zog sich rasch um und verschwand dann mit Joseph im Keller, wo zwischen Regalen und Schachteln eine Reihe Lang- und Kurzhanteln und Gewichtscheiben lagen.

„Was willst du machen?“, fragte Joseph.

„Bankdrücken“, teilte David mit.

„Gut. Ich lege die Gewichte auf.“

David setzte sich auf eine Holzbank. In seinem Rücken befestigte Joseph Gewichtscheiben an der Langhantel. David war die emsige Betriebsamkeit seines Sohnes lästig. Er hatte gehofft, hier unten eine Weile allein sein zu können.

„Du könntest es locker mit Mike Tyson aufnehmen“, plapperte Joseph in kindlichem Übermut. „Ich mein, bevor er durchgedreht ist und anderen Leuten die Ohren abgebissen hat.“

„Das könnte ich nicht“, versetzte David kühl.

„Und wenn du sechs Monate lang jeden Tag trainieren würdest, könntest du ihn dann schlagen?“

„Auch dann nicht.“

„Und wenn du nur noch ganz gesunde Sachen essen würdest?“, fragte er dann, während er die Schrauben an den Sicherheitsklammern andrehte, um die Gewichte zu sichern. „Ich meine Broccoli und so was.“

„Würde auch nichts helfen“, sagte David.

Joseph trat vor seinen Vater hin und lächelte ihn an. Der Junge war richtig außer Atem gekommen. David hatte ihm beim Heben der schweren Scheiben helfen wollen, aber er hatte es nicht zugelassen, hatte ihm sogar verboten, bei der Arbeit zuzusehen.

Nun legte David sich zurück auf die Bank. Er nahm die Hantelstange, atmete mehrmals tief ein und aus und konzentrierte sich. Dann hob er die Hantel aus der Haltevorrichtung. Das Gewicht lastete erstaunlich schwer auf seinen Armen. Verdammt, dachte David, die zweihundert Pfund kamen mir schon mal leichter vor;

bin wirklich schlecht im Training. Er senkte die Stange bis auf seine Brust ab und stemmte sie dann wieder hoch. Von einer Sekunde auf die andere brach ihm der Schweiß aus, die Adern an seinen Armen und seinem Hals schwollen zum Bersten an. Mit Mühe stemmte David das Gewicht wieder hoch, ließ es dann sinken und stemmte es erneut. Dann legte er die Hantel zurück in die Haltevorrichtung.

Pustend vor Erschöpfung setzte er sich auf. Joseph stand vor ihm und sah ihn aus großen Augen an. Auf seiner Stirn standen ebenfalls Schweißperlen.

„Wie viel war das eigentlich?“, fragte David und wandte sich nach der Hantel um. Er zählte die Scheiben ab und sah Joseph erstaunt an. „Du hast zu viel aufgelegt“, warf er ihm vor. „Das sind zweihundertfünfzig Pfund.“

„Wie viel hast du denn bisher immer geschafft?“, wollte Joseph wissen.

David drehte sich erneut um und betrachtete die Gewichte. So viel jedenfalls nicht, dachte er. Danach sah er Joseph mit einem vorwurfsvollen Blick an. „So was kann böse enden“, belehrte er ihn. „Wieso gehst du nicht einfach nach oben und lässt mich hier unten zu Ende trainieren?“

Joseph sprang schon zur Hantel und löste eifrig die Schrauben. „Ich nehme das Gewicht herunter“, sagte er. „So ein Fehler passiert mir bestimmt nicht noch einmal.“ Nach einem Moment des Schweigens fing er wieder an: „Glaubst du, du hättest Bruce Lee verprügeln können?“

David saß, die Ellbogen auf die Knie gestützt da und wischte sich den Schweiß von der Stirn. Er rollte die

Augen angesichts der Frage seines Sohnes. „Gegen Bruce Lee hätte ich keine Chance gehabt“, sagte er.

„Und wenn du Karate könntest?“

„Auch dann nicht.“

Während David einen Schluck Wasser nahm, hörte er, wie Joseph mit den Gewichten hantierte. „Wenn Bruce Lee aber nicht treten dürfte und du total sauer auf ihn wärst?“, fragte der Junge.

„Und ich ernähre mich auch in diesem Fall von Unmengen Broccoli?“

„Klar.“

„Nein, auch dann hätte ich keine Chance.“

Joseph war fertig und trat vor David hin. Der legte sich zurück auf die Bank. Seine Finger umschlossen die Hantelstange. Dann hob er die Hantel aus der Halterung. Das Gewicht drückte schwer gegen seine Hände. Schwerer noch als zuvor, mochte ihm scheinen. Wie schon bei der ersten Übung ließ er sie zweimal bis dicht über seine Burst herabsinken und stemmte sie zweimal wieder hoch. Er glaubte, seine Muskeln würden reißen. Sie zitterten und brannten wie Feuer. Aber sie hielten stand. Klirrend fiel die Hantel zurück in die Halterung.

David setzte sich schnaufend auf. Er zitterte noch immer am ganzen Körper. „Wie viel hast du runtergenommen?“, fragte er fassungslos.

„Ich hab dich angelogen“, erwiderte Joseph und starrte seinen Vater mit einem beinahe schon ehrfürchtigen Blick an.

David hatte es sich fast gedacht. „Du hast noch mehr aufgelegt, oder?“, sagte er nur. Joseph nickte. Da blickte David sich um. Er zählte die Scheiben ab. Zweihundertsiebzig Pfund. Unglaublich! Nicht in seinen kühnsten

Träumen hätte er jemals gedacht, dass er so viel würde stemmen können. In seinem Alter waren Leistungssteigerungen dieser Art kaum drin. Was also hatte das zu bedeuten?

Joseph kam heran und setzte sich neben seinen Vater. Gemeinsam betrachteten sie eine Weile die Metallscheiben auf der Stange. „Legen wir noch mehr auf", schlug Joseph vor. David wandte den Kopf und sah ihn an. „Okay", sagte er dann.

Gemeinsam hängten sie noch mehr Gewichtscheiben an die Hantel. Insgesamt dreihundert Pfund. David legte sich auf die Bank. Ehe er die Hantel aus der Halterung nahm, schaute er noch einmal hoch. Joseph stand neben ihm und fieberte der Übung entgegen. „Geh lieber ein paar Schritte zurück", wies David ihn an. „Sicherheitshalber." Dann legte er sich wieder hin.

Seine Hände umfassten die Hantelstange. David holte tief Luft und stemmte die Hantel aus der Halterung. Langsam sank sie auf seine Brust herab. Zischend atmete David aus. Sein Kopf wurde hochrot, die Adern schwollen an. Joseph konnte sich kaum vorstellen, dass er das Gewicht wieder hochbekommen würde, und doch glaubte er an seinen Vater. Und tatsächlich: David schaffte es, und nicht nur ein-, sondern sogar ein zweites Mal.

Als David sich aufsetzte, schnaufte er wie ein Walross. Die Grenze seiner Leistungsfähigkeit schien erreicht. Doch er erholte sich erstaunlich rasch. Joseph sah ihn gebannt an. „Mehr?", fragte er nur.

David nickte.

Während er nachdenklich dasaß, sprang Joseph zur Hantel, löste die Sicherheitsschrauben und legte weitere

Gewichte auf. David wurde das Ganze allmählich unheimlich. Woher kam mit einem Mal diese Kraft? Hatte er sie früher auch schon besessen? Er musste an Elijah denken. Was er dazu gesagt hätte, war nicht schwer auszudenken. Aber David war noch immer weit davon entfernt, seine an den Haaren herbeigezogene Theorie zu glauben.

Schließlich trat Joseph vor ihn hin. „Fertig", teilte er mit. Dann zog er sich zurück und ging unter der Treppe in Deckung. Neugierig beobachtete er, wie sein Vater sich zurück und die Hände an die Hantelstange legte.

„Untersteh dich bloß, das jemals nachzumachen", ermahnte David streng.

„Werde ich nicht", versicherte Joseph.

„Was machst du, wenn etwas passiert?"

„Ich hole Mum."

David nickte. Dann sah er die Stange über sich an und begann, sich zu konzentrieren. Seine Hände umklammerten das Metall, während sich Davids Brustkorb mehrmals hob und senkte. Nach und nach vergaß er die ganze Umgebung. Ein letzter Atemzug, dann hob er die Hantel aus der Halterung. Das Gewicht drückte sogleich mit voller Wucht auf seine Arme. Die Muskeln blähten sich auf und wurden hart wie Stein. Gleichzeitig durchlief sie ein heftiges Zittern, das die Metallscheiben zum Klirren brachte. Langsam ließ David die Hantel sinken, stemmt sie dann hoch. Er wiederholte die Übung, die Hantel kam auf ihn zu. Einen Augenblick fürchtete er, er werde sie nicht wieder nach oben bekommen. Aber zu seiner eigenen Überraschung wuchs ihm von irgendwoher gerade so viel Kraft zu, wie er brauchte.

Nachdem er die Hantel wieder abgesetzt hatte, richtete er sich langsam auf. Sein Atem ging heftig, das Herz schlug wie wild gegen den Brustkorb und war in seinem ganzen Körper zu spüren. „Wie viel hast du draufgetan?“, fragte er keuchend.

„Alles, was da war“, entgegnete Joseph.

David sah ihn an. „Es ist also nichts mehr da?“

Joseph schüttelte den Kopf. Langsam schien sogar ihm die Sache unheimlich zu werden. David indessen wollte wissen, wo die Grenze war. „Was könnten wir sonst noch benützen?“, fragte er. Sein Blick wanderte im Kellerraum herum und verfing sich an zwei Farbeimern, die er vor kurzem aus einem Baumarkt besorgt hatte, um den Flur neu zu streichen. Jeder dieser Eimer wog zehn Pfund. Er befestigte sie mit reißfestem Klebeband an der Hantelstange.

Dann legte David sich wieder auf die Bank. Nachdem er sich wieder konzentriert hatte, wuchtete er die Hantel aus der Halterung. Im ersten Moment kam es ihm so vor, als würden seine Arme dem Gewicht keine Sekunde standhalten. Doch im nächsten Augenblick war die Kraft da. So selbstverständlich als sei sie schon immer dagewesen. Das Schlagen seines Herzens war im ganzen Körper spürbar. Langsam senkte er die Hantel, dann hob er sie wieder an. Er stieß die Luft aus seinen Lungen, atmete erneut tief ein. Darauf folgte die zweite Übung. Zuletzt ließ er die Hantel in die Halterung krachen.

Joseph sprang sofort herbei. Seine Augen waren riesengroß. „Wie viel ist das gewesen?“, fragte er mit vor Erstaunen fast tonloser Stimme.

David wandte sich um und zählte die Gewichte zusammen. Er rechnete es mehrmals nach, denn er konnte es einfach nicht glauben. „Das dürften ungefähr dreihundertvierzig Pfund sein“, sagte er schließlich.

Joseph trat einen Schritt zurück. Er sah seinen Vater mit völlig neuen Augen, so als erkenne er ihn kaum wieder. Sein Blick war von Ehrfurcht erfüllt. David mochte diesen Blick nicht, denn er fürchtete, all die Merkwürdigkeiten, die in letzter Zeit in sein Leben eingebrochen waren, würden die Annäherung an Joseph und Audrey, um die er sich so sehr bemühte, zunichte machen.

„Genug für heute“, sagte er, stand auf und ging nach oben. Joseph folgte ihm mit zwei Schritt Abstand.

Oben angekommen, bemerkten sie, dass Audrey weggegangen war, vielleicht um irgendetwas zu besorgen. David stellte sich unter die Dusche. Er genoss es, wie das heiße Wasser auf ihn niederprasselte. Das eben Erlebte lief wie ein Film vor seinem geistigen Auge ab. Was immer es zu bedeuten hatte, vor allem war es ein weiteres Anzeichen, dass sein Leben gänzlich aus den Fugen geriet.

Nach einer Weile trat David aus der Dusche. Nachdem er sich angezogen hatte, setzte er sich auf den Rand der Badewanne, stützte den Kopf in die Hände und betrachtete das Muster der Bodenfliesen. Die Gedanken begannen gerade wieder, sich im Kreis zu drehen, als das Telefon schrillte. David sprang auf und trat ins Schlafzimmer, wo das Telefon auf einer Kommode stand. Er hob ab und meldete sich.

„Ist David Dunn zu sprechen?“, fragte eine Frauenstimme.

David war im ersten Augenblick perplex. Das war eindeutig Audreys Stimme. Hatte sie ihn etwa nicht erkannt? Aber mit wem dachte sie denn, dass sie spräche? „Audrey?", fragte er.

„Ja", erwiderte sie. „Sind Sie das, David?"

„Na, klar", erwiderte er. „Von wo rufst du an, Audrey? Stimmt irgendwas nicht mit dir?"

„Mein Name ist Audrey Inverso", entgegnete sie. „Wir waren zusammen auf dem College. Erinnern Sie sich noch an mich?"

Erst jetzt begriff David langsam. Audrey machte einen Scherz. Aber es war gleichzeitig mehr als ein Scherz. Hatte sie nicht von einem Neuanfang gesprochen? Wie es aussah, nahm sie das wörtlich. Genau so hatte es damals nach dem College mit ihnen beiden angefangen. Sie hatten sich schon vom Sehen gekannt, waren aber erst auf dem Abschlussball richtig miteinander bekannt geworden. Trotzdem hatte David sich nicht getraut, sie anzurufen. Deshalb hatte Audrey schließlich die Initiative ergriffen.

„Ich hatte gehofft, Sie würden mich anrufen", sagte sie beinahe so wie damals, „aber ... wie auch immer, ich habe mich entschlossen, nicht darauf zu warten." Für einen Moment blieb es still in der Leitung. Dann fuhr Audrey fort: „Ich dachte mir, es wäre schön, wenn wir beide heute Abend zusammen ausgehen könnten."

David war auf eigenartige Weise bewegt. Er fühlte sich tatsächlich in die damalige Situation versetzt. Irgendwo, tief in ihm vergraben, spürte er die Verliebtheit, die er für Audrey empfunden hatte. Aber sie war weit weg. Und während er sich daran erinnerte, wurde ihm auf schmerzliche Weise bewusst, wohin es mit ihnen beiden gekommen war, was sie verloren hatten.

„Hallo?“, fragte Audrey, weil sein Schweigen nun schon so lange dauerte. „Sind Sie noch da?“

„Ich bin noch da“, entgegnete David. „Und ich fände es ebenfalls sehr schön, wenn wir uns heute Abend treffen könnten.“

Er glaubte, am anderen Ende der Leitung ein erleichtertes Aufatmen zu hören.

David und Audrey speisten im „Springtime“, jenem Restaurant, in dem sie ihre erste Verabredung gehabt hatten. Damals war es ein schlichtes Lokal mit einfacher Kost und moderaten Preisen gewesen. Es hatte auch einen anderen Namen gehabt, an den David sich nicht mehr erinnern konnte. Heute dagegen war es für seine ausgewählte Küche bekannt – vor allem die Fischgerichte hatten einen besonderen Ruf in der Stadt – und das lebhafte Ambiente, das frühlingshafte Frische verbreitete und damit dem Namen des Restaurants zur Ehre gereichte.

David trug einen Anzug, Audrey ein elegantes schwarzes Kleid. Die beiden saßen vor einer Wand, auf der sich eine farbenprächtige Blumenvielfalt in Gelb, Orange und Rot ausbreitete. David und Audrey hatten den Lachs genommen, dazu auf Empfehlung des Kellners einen französischen Weißwein.

„Kommt es eigentlich vor, Audrey“, meinte David, nachdem sie mit dem Essen fertig waren und der Kellner das Geschirr abgeräumt hatte, „dass einer deiner Patienten einfach mal ein oder zwei Leistungsstufen überspringt? Dass jemand etwas schafft, an das keiner geglaubt hätte, nicht einmal er selbst?“

Audrey nickte. „So was kommt schon mal vor, allerdings nicht besonders oft. Es gibt Leute, die kriegen

Angst, wenn sie den Schatten ihrer Leistungsgrenze sehen. Sie wissen nicht, wie weit sie von der tatsächlichen Grenze entfernt sind. Aus Angst wagen sie sich nicht weiter vor und bleiben damit unter ihren Möglichkeiten."

Nachdenklich sah David vor sich hin, wobei er die Stoffserviette zwischen seinen Fingern drehte. Audrey hielt das für ein Anzeichen dafür, wie unwohl er sich in dieser Situation fühlte. Sie hatten sich entschlossen, neu anzufangen, aber der Entschluss alleine genügte nicht, um all die Missverständnisse und Geschehnisse der vergangenen Jahre auszulöschen. Ein langer Weg lag vor ihnen.

Audrey legte ihre Hand auf die von David. „Es ist irgendwie eigenartig, was?", sagte sie. Ihr Mann blickte auf und nickte. „Wir benehmen uns nicht so, wie wir es sonst tun. Hier wischst du dir mit der Serviette den Mund ab."

David sah sie erstaunt an. „Und was mache ich sonst?", wollte er wissen.

„Zu Hause benützt du deinen Ärmel."

Sie lächelten beide. Während das Lächeln wieder von ihrem Gesicht verschwand, versenkten die Blicke sich. David fiel wieder auf, wie schön Audrey noch immer war. Das Mädchen, in das er sich vor vielen Jahren verliebt hatte, war zu einer lebenserfahrenen Frau geworden. Sie war heute sogar noch schöner als damals. Er wünschte, er hätte sie so glücklich gemacht, wie sie es verdient hatte.

„Audrey?", erklang da die Stimme einer Frau.

Audrey und David sahen sich um. Eine dunkelblonde Frau in einem tief ausgeschnittenen Kleid aus Satin kam mit einem strahlenden Lächeln auf den Lippen an den Tisch. „Aber natürlich bist du es“, sagte sie, als sie vor ihnen stand.

Audrey begrüßte sie und stellte sie dann David vor: „Das ist Claire. Ihr Sohn geht in die gleiche Klasse wie Joseph. Claire und ich haben uns zusammen um die Schulküche gekümmert.“

„Schön, Sie kennen zu lernen“, sagte David lächelnd.

Claire ließ einen kurzen, aber prüfenden Blick über ihn hinweggleiten. „Er sieht wirklich toll aus“, raunte sie Audrey zu und wandte sich dann an David: „Audrey hat mir viel von Ihnen erzählt. Es freut mich sehr, Sie zu treffen, jetzt, da sie sich endlich getraut hat, sich mit Ihnen zu verabreden. Was für eine Sorte von Anwalt sind Sie eigentlich?“

David sah zunächst Claire, dann Audrey erstaunt an. Wie erstarrt saß Audrey da, das Lächeln auf ihren Lippen wirkte aufgesetzt.

„Das ist mein Ehemann, Claire“, erklärte sie ihrer Freundin.

Claire biss sich auf die Unterlippe und wurde feuerrot im Gesicht. Sie warf Audrey einen entschuldigenden Blick zu. Plötzlich hatte sie es sehr eilig damit, wieder zu ihrem Begleiter zurückzukehren, der am Tisch auf sie wartete. Sie verabschiedete sich hastig, und war im nächsten Augenblick weg.

Audrey blickte verlegen vor sich hin.

„Was hatte das eben zu bedeuten?“, fragte David. „Ich meine, die Sache mit dem Anwalt. Gibt es da etwas, das ich wissen sollte?“

„Es ist nichts“, erwiderte Audrey.

„Wirklich?“

Erst jetzt sah Audrey ihn an. „Ich habe jemand kennen gelernt", gab sie zu. „Wir hatten einen kleinen Flirt, mehr nicht. Es tut mir Leid, ich hätte es dir sagen sollen."

David lehnte sich zurück. Er war verletzt, aber dennoch war er Audrey nicht böse. Vielmehr wunderte er sich, dass er bisher kaum an eine solche Möglichkeit gedacht hatte.

„Gibt es noch andere Dinge, die du mir erzählen solltest?", fragte er.

„Nein." Sie sah David mit einem Flehen in den Augen an. „Wenn es etwas Ernstes gewesen wäre, hätte ich mit dir darüber gesprochen, David. Das musst du mir glauben."

David nickte. Er fühlte sich benommen. Deshalb konnte er jetzt nicht darüber sprechen. Stattdessen verlangte er nach der Rechnung.

Schweigend fuhren die beiden kurze Zeit später nach Hause. Audrey lehnte ihren Kopf an das Seitenfenster und sah zu, wie die Häuser vorbeizogen. Sie fürchtete, die Annäherung zwischen ihr und David könnte schon wieder zu Ende sein, ehe sie überhaupt begonnen hatte. Tiefe Traurigkeit bemächtigte sich ihrer.

Der Wagen kam vor dem Haus zum Stehen. David stellte den Motor ab. Aber er stieg nicht gleich aus. Auch Audrey wartete. Nachdem er einen Moment in die nächtliche Stille gesehen hatte, meinte er: „Der Abend mit dir war schön. Ich kann verstehen, dass du nach anderen Männern gesehen hast. Ich bin schon seit einiger Zeit nicht mehr der, den du einst geliebt hast. Also kein Vorwurf... wegen des Anwalts. Aber gib mir ein paar Tage Zeit, das Ganze zu verdauen."

Erst jetzt sah er Audrey an. Sie nahm seine Hand, um ihn ein paar Sekunden später auf die Wange zu küssen. Erst dann stiegen sie aus und gingen ins Haus.

Cindy, der Babysitter, kam ihnen im Flur entgegen. Cindy war ein blasser Teenager mit tiefschwarz gefärbten Haaren und einer dick umrandeten Brille auf der Nase. Während sie ihre Jeansjacke überstreifte, erzählte sie wortreich, wie Joseph den Abend verbracht hatte.

Ihre Worte rauschten ungehört an David vorbei. Seine ganze Aufmerksamkeit galt Audrey, die ihren Mantel auszog und dann in Richtung des Gästezimmers ging. Dort wandte sie sich noch einmal um. Ihre Blicke trafen sich. Audrey war wunderschön. „Gute Nacht", sagte sie mit sanfter Stimme.

David antwortete mit einem Lächeln. Gleich darauf verschwand Audrey. Leise schloss sich die Tür hinter ihr. Erst jetzt fiel David auf, dass Cindys Wortschwall abrupt abgerissen war, weil sie den nächtlichen Abschied des Ehepaares mit Erstaunen verfolgte. „Meine Eltern schlafen auch in getrennten Zimmern", sagte sie.

David griff in die Innentasche seines Jacketts und holte die Brieftasche heraus. Er reichte Cindy zwanzig Dollar, die sie in der Hosentasche ihrer Jeans verschwinden ließ. „Ach ja", sagte sie dann. „Joseph wollte die Nacht wieder in seinem eigenen Zimmer verbringen."

„Wirklich?", fragte David. „Hat er irgendetwas gesagt?"

Cindy schüttelte den Kopf. „Gute Nacht", sagte sie nur noch und verschwand.

David schloss hinter ihr die Haustür zu und stieg die Treppe hinauf. Leise öffnete er die Tür zu Josephs Zimmer. Es lag in Dunkelheit, in den nur das aus dem

Flur einfallende Licht einen hellen Keil trieb. Joseph schlief noch nicht. Er wandte sich um und richtete sich im Bett halb auf, wobei er David aus zusammengekniffenen Augen ansah.

„Ich schlafe heute wieder in meinem Zimmer", verkündete er, irgendwie stolz, wie es schien.

„Ich weiß", entgegnete David, trat ein und setzte sich ans Bett seines Sohnes.

„Ich hab jetzt keine Angst mehr", erklärte Joseph.

„Das ist toll."

„Weißt du auch, warum?"

David schüttelte den Kopf.

„Weil ich jetzt Bescheid weiß", sagte der Junge.

„Worüber?"

Joseph kam näher heran, sein Mund berührte beinahe Davids Ohr, als er ihm zuflüsterte: „Über deine geheime Identität. Dieser Mann hat Recht gehabt."

Erstaunt blickte David auf. Joseph wickelte sich unterdessen wieder in seine Decke. Er machte einen ausgeglichenen, geradezu glücklichen Eindruck. Ein-, zweimal blinzelte er seinen Vater noch an, dann schloss er die Augen.

David begriff natürlich, was in seinem Sohn vorging. Der eigenartige Verlauf des Trainings hatte ihn in seiner fixen Idee bestärkt, sein Vater sei eine Art Superheld mit übernatürlichen Kräften. „Weißt du, Joseph", sagte David nun, „es gibt in fast jedem Fitness-Studio eine Menge Kerle, die genauso viel stemmen können wie ich es heute getan habe."

Joseph öffnete die Augen. Aber er sah David nur kurz an und schloss sie gleich wieder. „Du hättest noch viel mehr stemmen können", sagte er im Ton unverbrüchlicher Überzeugung. Mit Flüsterstimme fügte er hinzu: „Keine Sorge, ich werde niemandem etwas davon erzählen."

Es dauerte nicht lange, bis Joseph eingeschlafen war. Erst dann ging David zur Tür. Ehe er das Zimmer verließ, wandte er sich noch einmal um, um einen letzten Blick auf seinen Sohn zu werfen. Dabei fielen ihm die vielen Poster von Actionhelden auf, mit denen die Wände tapeziert waren. David zog die Tür hinter sich zu und ging ebenfalls schlafen.

9

Elijah lag im Krankenbett und fixierte einen Punkt an der Decke. Sein Kopf war tief in ein Kissen eingesunken. Im Moment spürte er seinen Körper nicht, denn er war von den Schmerzmitteln betäubt. Elijah träumte davon, so ungebunden und frei zu sein wie sein Blick, der überall herumfliegen konnte, wenn er wollte. Die Stimme eines Arztes aber schwebte wie ein böser Geist über ihm und erinnerte ihn mit nüchternen Worten daran, was für ein menschliches Wrack er war.

„Fraktur des Mittelhandknochens sowie multiple Brüche der sechsten, siebten und achten Rippe", las Dr. Franklin, ein kurzgeschorener Mann Mitte vierzig, von einem Zettel ab, der auf ein Clippboard geheftet war. „Die schlimmste Verletzung liegt jedoch an Ihrem rechten Bein vor, und zwar in Form einer Spiralfraktur. Wir haben es hier mit ungefähr vierzehn Brüchen zu tun, was praktisch einem Trümmerbruch gleichkommt."

Elijah schloss für einen Moment die Augen. Die Worte zogen an ihm vorüber wie ein frostiger Wind. Seine Gedanken aber waren woanders. In der Vergangenheit. „Sie nennen mich Mr. Glas", sagte er schließlich. Die Worte galten nicht wirklich dem Arzt. Sie waren einfach aus Elijah herausgekommen.

Dr. Franklin blickte auf. „Wer nennt sie so?", fragte er.

„Die Kinder." Elijah starrte noch immer an den bestimmten Punkt an der Decke. Ansonsten lag er völlig regungslos da. Kaum einmal ein Blinzeln, der Brustkorb hob und senkte sich nur unmerklich.

„Sind Sie in Ordnung, Mr. Price?“, fragte Dr. Franklin besorgt. „Wünschen Sie eine Unterbrechung?“ Elijah schüttelte kaum merklich, aber dennoch eindeutig den Kopf. Daraufhin blickte Dr. Franklin wieder auf den Befund nieder und trug weiter vor: „Wir haben über die ganze Länge des Beines Metallschrauben angebracht. Die nächsten beiden Monate werden Sie in einem Rollstuhl zubringen müssen. Daran werden sich zwölf bis vierzehn Monate mit Krücken anschließen. Ihr Aufenthalt im Krankenhaus wird ungefähr fünf bis acht Tage dauern, darauf folgt eine neun- bis zwölfmonatige Physiotherapie. Zur Schmerzbehandlung erhalten Sie einen Morphium-Tropf, außerdem Durogesic und Valoron. Das ist alles, was wir im Moment für Sie tun können.“

Elijah hatte die letzten Worte schon nicht mehr gehört. Sie waren für ihn zu einem unverständlichen Brummen zusammengeschmolzen. Noch immer starrte er auf den Punkt an der Decke. Die Ärzte hatten seinen Körper gefühllos gemacht, nun wollte er all seine seelischen Empfindungen betäuben und die Stimmen in seinem Kopf zum Verstummen bringen. Diese Stimmen, die ihn Mr. Glas nannten.

Wenn Elijah in seinem Leben etwas gelernt hatte, dann war das, nicht aufzugeben. Wie oft war er so dagelegen wie jetzt. Auch wenn es lange gedauert hatte, er war dennoch immer wieder aufgestanden. So würde es auch diesmal sein, denn diesmal hatte er mehr Grund dazu als je zuvor. Und dieser Grund hatte einen Namen: David Dunn.

David drehte gerade im Stadion seine Runde. Sein Ziel war die Mannschaftskabine der Warriors. Hier sollte er Posten beziehen, denn immer wieder verschafften sich überdrehte Fans unbefugt Zutritt zum Stadion, um ihren Idolen einen Besuch abzustatten. Footballspieler aber waren zuweilen wie Primadonnen, die jede Störung vor dem großen Auftritt aus dem Gleichgewicht bringen konnte.

Es war später Vormittag, nach und nach trudelten die Spieler ein, um sich auf das Spiel am Nachmittag vorzubereiten. Dafür hatte jeder seine eigene Methode. Die meisten der jungen Männer saßen mit geschlossenen Augen da und gingen im Geiste die Spielzüge durch, die sie die ganze Woche über trainiert hatten. Nicht wenige hatten dabei Kopfhörer auf und lauschten auf ihre Lieblingsmusik, um sich zu entspannen. Gesprochen wurde kaum, und wenn, dann beschränkte es sich auf wenige Worte.

David blieb an der offenen Tür stehen und ließ seinen Blick schweifen. Niemand hier nahm auch nur im Geringsten von ihm Notiz. An drei Seiten des langgestreckten Raumes standen Umkleideschränke und Bänke. Außerdem gab es Massagetische. Auf einem von ihnen legte sich gerade der Quaterback. Sein Rücken sah so zerfurcht aus wie ein Schlachtfeld. Einer der Betreuer kam herbei, um seine Muskeln durchzukneten und zu lockern.

Im hinteren Bereich des Raumes befanden sich Trainingsgeräte, Hanteln und jede Menge Gewichte, die im Moment allerdings niemand benützte. Ein Gedanke durchzuckte David. Ein kurzes Zögern hielt ihn noch zurück, aber das war rasch überwunden. Mit großen

Schritten durchquerte er den Raum und blieb bei einer Bank mit Langhantel stehen. Das hier war ein anderes Gerät als das in seinem Keller. Nicht nur, weil die Hantelstange nur so blitzte. Es gab hier auch nahezu endlos viele Gewichte.

David warf einen Blick zurück zur Tür. Es war das erste Mal, dass er ohne ernsthaften Grund seinen Posten verlassen hatte. Aber war sein Grund etwa nicht ernsthaft? Er sah sich im Raum um. Noch immer schien ihn keiner zu bemerken. Die Versuchung war groß, mit dem Test, den er in seinem Keller abbrechen hatte müssen, fortzufahren. Zu groß. Davids Hände zitterten, als er eine Gewichtscheibe nahm und zu den anderen, die sich schon auf der Stange befanden, schob, dasselbe dann auf der anderen Seite wiederholte. Und noch eine Scheibe auf jeder Seite. Danach wanderte sein Blick wieder im Raum umher. Keiner hatte etwas bemerkt.

David setzte sich auf die Bank. Sein Herz schlug bis zum Hals, die Hände zitterten. Er musste es jetzt einfach wissen. Musste seine Grenze erfahren. Egal, welche Schlüsse er dann daraus ziehen würde.

So leise wie möglich legte David sich unter die Hantel. Seine Hände umfassten die glänzende Hantelstange. Er schloss die Augen und konzentrierte sich. Atmete zweimal tief durch. Dann spannte er seine Muskulatur an und drückte gegen die Stange. Sie bewegte sich nicht, keinen Millimeter. Er strengte sich mehr an. Sein Gesicht wurde glutrot, die Adern an den Schläfen und am Hals schwollen an. David konzentrierte sich weiter. Vor seinem geistigen Auge sah er sich das Gewicht stemmen, während es sich in Wahrheit nicht die Spur bewegen wollte.

Plötzlich aber – David wusste kaum, wie – hob sich die Stange aus der Halterung. Unversehens stellte er fest, dass er das gesamte Gewicht auf seinen Armen trug. Seine Arme zitterten, als er die Hantel langsam auf seinen Brustkorb herabsinken ließ. Jetzt kam das Schwerste. Würde er sie wieder hochstemmen können oder würde sie ihm die Rippen eindrücken?

Eine Sekunde glaubte David, er sei am Ende, könne nicht mehr das kleinste Quentchen Kraft mobilisieren. Er spürte einen brennenden Schmerz in seiner gesamten Arm- und Brustmuskulatur. Dann aber hob die Hantel sich doch, immer höher, bis sie auf seinen ausgestreckten Armen ruhte. Die Atemluft entwich aus Davids Lungen wie aus einem Blasebalg. Er atmete wieder ein, ließ die Hantel erneut herabsinken und stemmte sie wieder hoch. Dann legte er sie zurück in die Halterung.

Davids Herz hämmerte wie wild. Seine Muskeln waren noch immer hart wie Granit. Erschöpft blieb er auf der Bank liegen. Als sein Atem wieder etwas langsamer wurde, blickte er zu den Scheiben an der Stange hoch und zählte sie ab. Er konnte es nicht glauben, zählte noch einmal, kam aber wieder zu dem gleichen Ergebnis. Fünfhundert Pfund! Und irgendwie hatte er nicht das Gefühl, dass damit die Grenze schon erreicht war.

Benommen setzte David sich auf. Erst jetzt bemerkte er, dass sämtliche Footballspieler, Betreuer und Trainer um ihn herumstanden und ihn mit fassungslosem Staunen, ja, beinahe Entsetzen anstarrten. So was hatten sie noch nie gesehen. Keiner unter ihnen schaffte auch nur annähernd fünfhundert Pfund!

David war die Aufmerksamkeit mehr als unangenehm. Rasch stand er auf. Er zuckte nur mit den

Schultern und verließ dann eiligen Schrittes die Umkleidekabine.

Zur gleichen Zeit stand Audrey an einem Aktenschrank im Zentrum für Physiotherapie, das an das Krankenhaus von Philadelphia angeschlossen war, und ging eine Krankenakte durch. Man hatte ihr einen neuen Patienten zugeteilt, einen ziemlich schwierigen Fall, wenn man der Akte glauben durfte. Durch gelegentliche Blicke überwachte sie zudem eine ältere Lady, die auf einem Trimmdichrad in die Pedale trat. Gleich darauf kam ihre Kollegin Janis auf sie zu. „Dein Patient ist da“, teilte sie mit. „Er wurde eben aus dem Krankenhaus entlassen und gleich hierher gebracht.“

Audrey bedankte sich für den Hinweis. Die Akten, in der sie eben noch gelesen hatte, unter dem Arm, durchquerte sie den Trainingssaal und gelangte durch eine Glastüre in einen Nebenraum. Die neugierigen Blicke eines Schwarzen, der in einem Rollstuhl saß, empfingen sie. Ein Bein war ausgestreckt und wurde von einer Metallschiene fixiert, ein Unterarm war eingegipst, die Brust bandagiert. Doch es war etwas an ihm, das jegliches Mitgefühl, gar Mitleid verbot. Eine besondere Ausstrahlung, ein Charisma, dem man sich nur schwer entziehen konnte. Der Mann mochte körperlich ein Wrack sein, aber seine Würde war davon nicht berührt.

Audrey begrüßte ihren neuen Patienten mit einem freundlichen Lächeln, zog sich einen Stuhl heran und setzte sich. „Guten Tag, Mr. –“, sie hielt inne, warf einen Blick auf die Akte und vervollständigte: „Mr. Price.“

Elijah musterte die Frau mit den langen braunen Haaren eingehend. Er wusste, dass er Davids Frau vor sich hatte. Er hatte sie ja selbst als seine Physiotherapeutin ausgewählt.

Sie stellte sich ihm mit knappen Worten vor, um dann seinen Befund und die nötigen physiotherapeutischen Maßnahmen mit ihm zu erörtern. Elijah hörte ihr schweigend zu, beobachtete, wie sie beim Reden die Hände mit den langen dünnen Fingern bewegte und sich immer wieder das Haar hinter die Ohren strich. In der Nähe von David Dunns Frau zu sein, verursachte ihm ein eigenartiges Prickeln, so als ob er sich zu einem geheimen, verbotenen Bereich Zugang verschafft hätte.

„Wir dürfen auch Ihr gesundes Bein nicht vernachlässigen", erklärte Audrey unterdessen, „denn sonst könnte es zu Muskelschwund kommen. Sie werden es also an der Beinmaschine dort drüben trainieren." Audrey zeigte auf ein Gerät.

„Wie lange sind Sie schon verheiratet?", fragte Elijah völlig unvermittelt.

Audrey blickte auf. Mit einer solchen Frage hatte sie nicht gerechnet, und sie konnte sich auch nicht vorstellen, warum Elijah das interessierte. „Zwölf Jahre", sagte sie schließlich.

„Darf ich fragen, wie Sie und Ihr Mann sich kennen gelernt haben?", wollte Elijah dann wissen. Als er aber merkte, dass seine Fragen Audrey irritierten, fügte er erklärend hinzu: „Verzeihen Sie, aber die Umgebung hier macht mich ziemlich nervös. Und wenn ich nervös bin, stelle ich immer zu viele Fragen."

Audrey lächelte. „Wie haben uns auf dem College kennen gelernt", erzählte sie dann. Ihr Blick veränderte sich für einen Moment, ging über Elijah hinweg und verlor sich im Unbestimmten. „Aber wenn dieser Autounfall nicht gewesen wäre, hätten wir vermutlich nicht geheiratet."

Elijah zog die Brauen hoch. Der Autounfall, der nicht in seine Theorie passte. Er war begierig darauf, mehr zu erfahren. „Jetzt, da sie mich neugierig gemacht haben, müssen Sie mir mehr darüber erzählen", forderte er Audrey sanft lächelnd auf.

Sie erwiderte das Lächeln. Irgendwie hatte Elijah Price wohl Recht. „Mein Mann war damals der beste Footballspieler am College", erklärte sie. „Man prophezeite ihm eine glänzende Karriere. Aber eines Nachts, wir kamen von einer Party bei Freunden, baute er auf einer vereisten Straße einen Unfall. Ich war auch mit im Wagen. Wir wurden beide verletzt. Mein Mann konnte daraufhin nicht mehr Football spielen."

Aufmerksam folgte Elijah ihren Worten. Wo war die Erklärung, nach der er suchte? „Sie sagten, ohne diesen Unfall wären Sie und Ihr Mann nicht verheiratet", hakte er nach. „Wie kommt das?"

Elijahs Fragen verunsicherten Audrey zunehmend. Diese Dinge waren sehr privat. Sie berührten nicht nur die Vergangenheit, sondern auch die Gegenwart. Zumindest hatte Audrey gelegentlich den Verdacht, dass ihre Eheprobleme mit dem vorzeitigen Ende von Davids Karriere als Footballspieler zu tun haben könnten, auch wenn David das immer wieder bestritt.

„Wir sollten uns über Ihre Rehabilitationstherapie unterhalten", sagte Audrey und blickte auf die Akte in ihrer Hand.

„Aber natürlich", lächelte Elijah und verbarg damit seine Enttäuschung. „Wenn Sie meine Frage nicht beantworten wollen, dann müssen Sie es natürlich nicht." Ein kurzer Moment der Stille entstand, in dem Elijah im Raum herumschaute. Sein Blick fiel auf die Trainingsmaschine für seine Beine. „Zeigen Sie mir, was ich an diesem Gerät machen soll“, sagte er.

Audrey erhob sich und trat zu der Maschine. „Wie gesagt, damit verhindern wir, dass sich die Muskeln an Ihrem gesunden Bein zurückbilden“, begann sie, fuhr dann aber nicht fort. Sie sah Elijah an. Je länger sie mit diesem Mann zusammen war, desto eigenartiger kam er ihr vor. Seine Augen hatten etwas Forderndes, und zugleich fühlte sie darin eine große Verletzlichkeit.

Sie setzte sich auf die Trainingsmaschine, legte die Krankenakte neben sich und verschränkte die Finger locker in ihrem Schoß. „Ich hätte mein Leben nicht mit jemandem verbringen wollen, der Football spielt“, meinte sie. „So einfach kann man das sagen.“ Sie überlegte einen Moment, fuhr dann fort: „Nicht, dass ich das Spiel hasse. Ich bewundere die Geschicklichkeit, die es verlangt, und wie alle anderen habe auch ich meinen Mann für seine Spielweise bewundert. Aber auf der anderen Seite ist Football ziemlich genau das Gegenteil von dem, was ich tue und wofür ich stehe. Man wird für die Rücksichtslosigkeit, mit der man seinen Gegner behandelt, belohnt und gefeiert. In diesem Spiel steckt einfach zu viel Gewalt, ich finde sogar, dass Gewalt seinen eigentlichen Charakter ausmacht. Ich will aber keine Gewalt in meinem Leben. Die wenigsten Leute verstehen das, aber es ist nun einmal meine Meinung.“

Elijah schien zu verstehen. Jedenfalls widersprach er nicht, sondern senkte seine Lider und nickte verhalten. Er war so ziemlich der erste Mann, der Audreys Ansicht zu unterstützen schien. „Wie auch immer“, fügte sie hinzu, „das Schicksal hat eingegriffen, indem es den Autounfall herbeiführte und Football damit aus dem Rennen warf." Das Schicksal? Elijah begann plötzlich zu begreifen, was es mit Davids Unfall wirklich auf sich gehabt hatte.

„Und wenn sie nicht gestorben sind, dann leben sie noch heute in Glück und trauter Zweisamkeit", sagte er. Audrey entging nicht die feine Ironie. Wusste Elijah etwa über den Zustand ihrer Ehe bescheid? Aber woher sollte er davon wissen? Sie schlug die Augen nieder und murmelte: „So ungefähr."

Elijah hatte nun schon mehrfach gehört, dass diese Verletzung Davids Leben tiefgreifend verändert hatte. Nur eines hatte ihm bisher niemand erzählt: „Wo wurde David eigentlich verletzt?"

Audrey blickte überrascht auf. „Woher wissen Sie, dass mein Mann David heißt?", fragte sie. „Ich habe seinen Namen jedenfalls nicht erwähnt."

Elijah hielt ihrem Blick stand. Wieso sollte er aus seiner Bekanntschaft mit David ein Geheimnis machen? „David und ich sind uns schon begegnet", gab er unumwunden zu. „Wir beide sind gewissermaßen Brüder. Wenn auch sehr verschiedene Brüder..."

Audrey erhob sich von der Maschine, nahm auf dem Stuhl vor Elijah Platz und schlug die Beine übereinander. „Das müssen Sie mir näher erklären", sagte sie.

Der Schwarze sah sie an. In seine Augen trat wieder dieses eigenartige Flackern, das immer darin war, wenn er von seiner Theorie sprach. „In den letzten vier Jahren gab es in dieser Stadt drei große Katastrophen", begann er. „Ich habe die Berichterstattung über jede von ihnen genaustens verfolgt. Eine Boeing 737 stürzt während des

Starts ab. Es gab keine Überlebenden. Hundertzweiundsiebzig Menschen starben. Dann der verheerende Hotelbrand in der Innenstadt. Zweihundertelf Menschen starben. Es gab keine Überlebenden. Schließlich der Eastrail-Zug, der siebeneinhalb Meilen vor Philadelphia entgleiste. Hunderteinunddreißig Tote. Ein Überlebender. Und er ist völlig unverletzt."

Audrey erschrak. Während Elijah gesprochen hatte, waren seine Augen größer und unheimlicher geworden. Seine gesunde Hand, die in einem schwarzen Handschuh steckte, gestikulierte heftig. Irgendetwas stimmte mit diesem Mann nicht, dessen war sie sich sicher, und sie meinte damit weit mehr als nur seine Knochenbrüche.

„Ich habe mit Ihrem Mann über mögliche Ursachen für sein wunderbares Überleben gesprochen", fuhr Elijah unterdessen fort. „Ich schlug ihm eine Erklärung vor, die auf den ersten Blick unglaublich wirken mag. Anfangs hatte ich selbst meine Zweifel. Aber inzwischen bin ich zu der Ansicht gelangt, dass sich diese Möglichkeit, wie unglaublich sie auch immer erscheinen mag, in eine Wahrscheinlichkeit verwandelt hat."

„Und welche Erklärung haben Sie?", wollte Audrey nun endlich wissen.

Elijah lehnte sich in seinem Rollstuhl zurück. Er sah einen Moment lang aus dem Fenster. Sein Blick verharrte im Grau des Himmels, als er sagte: „Wir leben in einer Zeit, die von Mittelmäßigkeit geprägt ist, Mrs. Dunn. Die Menschen fangen an, ihre Hoffnung zu verlieren. Es fällt ihnen schwer zu glauben, dass in ihnen wie in anderen Menschen außergewöhnliche Fähigkeiten schlummern; Fähigkeiten, über deren Ausmaß sie sich bisher keinen Begriff gemacht haben." Hier wandte Elijah den Kopf und sah Audrey mit einem bohrenden Blick an. „Ich hoffe, Sie haben sich Ihre Unvoreingenommenheit in diesen Dingen bewahrt."

Ratlos folgte Audrey seinen Worten. „Wollen Sie auf irgendetwas Religiöses hinaus?", fragte sie. Wenn ihr etwas Angst machte, dann waren das religiöse Fanatiker.

Elijah lächelte milde. „Keineswegs", beruhigte er sie. „Es liegt mir fern, jemanden zu etwas bekehren zu wollen."

Audrey atmete erleichtert auf. „Was wollen Sie dann?", fragte sie weiter.

Elijah zögerte einen Moment, ehe er sagte: „Ich besitze ein Comic Museum. Ich bin überzeugt, dass die Geschichten in Comics auf etwas Reales zurückgehen. Meiner Meinung nach gibt es Menschen, die den Helden in diesen Geschichten entsprechen – echte Menschen, die auf dieser Erde herumlaufen. Ich glaube, dass Ihr Mann zu diesen Menschen gehört." Während dieser Worte beobachtete er Audrey genau, damit ihm nicht die kleinste Reaktion an ihr entging.

Die Erleichterung, die Audrey eben noch empfunden hatte, verschwand im Nu. Ihr Gesicht wurde ernst, ja, es versteinerte geradezu. Sie hatte nicht die leiseste Ahnung, womit sie es bei Elijah zu tun hatte. Aber dass etwas mit seinem Verstand nicht stimmte, war für sie sicher.

Unterdessen hatte Elijah den Kopf gesenkt. Seine eigenen Worte hatten ihn tief bewegt. Dann blickte er wieder auf. „Sie haben vorhin vom Walten des Schicksals gesprochen, Mrs. Dunn", sagte er nun, und seine Stimme klang weicher, seine Augen wirkten sanfter. „Ich glaube ebenfalls an das Schicksal. Es führt die Menschen zusammen. Manchmal ist man gezwungen, lange zu suchen. Ein anderes Mal begegnet man sich auf scheinbar absichtslose Weise. Als ich Ihren Namen auf der Liste der anerkannten Physiotherapeuten las, die meine Versicherung mir zuschickte, wusste ich, dass das Schicksal eingegriffen hatte.“ Er beugte sich in seinem Rollstuhl etwas nach vorn, so viel eben, wie die gebrochenen Rippen es ihm erlaubten. „Es war uns beiden bestimmt, miteinander zu sprechen. Wir sind so nahe dran, die Wahrheit zu erfahren. Es ist fast schon geschafft. Alles, was wir jetzt noch brauchen, ist ein Beweis. Das aber hängt alleine von Ihrem Mann ab.“ Elijah winkte Audrey, die von gleichermaßen fassungslosem wie fasziniertem Staunen erfüllt war, näher an sich heran. „Darf ich Ihnen ein Geheimnis anvertrauen?“, flüsterte er ihr zu. „Es würde mich sehr, sehr traurig machen, wenn ich herausfinden müsste, dass die Dinge sich nicht so verhalten, wie ich es mir vorstelle.“

Audrey starrte Elijah an. Dann ertrug sie seinen Blick nicht länger und sah über ihn hinweg. Sie fühlte sich zunehmend unwohl in seiner Gegenwart. Deshalb stand sie auf, nahm die Krankenakte und hielt sie sich wie einen Schild vor die Brust. „Für heute sind wir fertig“, sagte sie. „Man wird Ihnen vorne an der Rezeption einen Termin geben.“

Zwei Therapeuten kamen auf Audreys Zuruf herbei, lösten die Bremsen an Elijahs Rollstuhl und schoben ihn durch eine Glastür hinaus. Ehe sie sich hinter ihnen schloss, sah Elijah sich noch einmal nach Audrey um. Als er den Schrecken auf ihrem Gesicht bemerkte, mit dem sie ihm nachsah, wusste er, dass er von ihr nichts zu erwarten hatte. Sie glaubte ihm kein Wort, hielt ihn wahrscheinlich für verrückt. Und dabei hätte er ihre

Hilfe so dringend gebraucht, um David seiner Bestimmung zuzuführen.

Zur gleichen Zeit füllte sich das ausverkaufte Football-Stadion mit Menschen. David stand am Eingang eines Tunnels auf der zweiten Ebene, der hinaus zu den Sitzplätzen führte, und beobachtete das Kommen und Gehen der Menschen. Sie liefen zwischen ihren Plätzen, Würstchen-, Getränkeständen und den Toiletten hin und her. Aber David beobachtete das Treiben nicht wirklich. Er sah ihm vielmehr zu wie dem Wogen des Meeres, während seine Gedanken ganz woanders waren.

Noch immer beschäftigte ihn, dass er plötzlich diese geradezu übermenschliche körperliche Kraft in sich entdeckt hatte. Woher kam sie? Wieso hatte er sie früher nicht gehabt? Oder war sie vielleicht doch da gewesen? Elijah hätte das vermutlich behauptet. Überhaupt, Elijah. War seine eigenartige Theorie dadurch etwa bewiesen? War er, David Dunn, wirklich unzerbrechlich, ein Held, wie er in den Comics beschrieben wurde? Es fiel ihm jedenfalls nicht leicht, das zu glauben. Schon gar nicht, wenn er sah, wie sein sonstiges Leben in den letzten Jahren in Stücke gefallen war. Wahrscheinlich war er einfach nur ein Mann, dem ein außergewöhnliches körperliches Talent angeboren war wie anderen Leuten ein Buckel. Der Rest war Humbug.

David löste sich von der Wand, an die er sich die ganze Zeit gelehnt hatte, und tauchte in den Strom der Menschen ein. Aber noch immer war seine Aufmerksamkeit ganz von seinen Gedanken aufgesogen. Er spürte die anderen Menschen nur wie eine Masse, die ihn umspülte, höchstens wenn Schultern und Arme ihn berührten, tauchte er für einen Moment aus seinem tranceartigen Zustand auf.

Plötzlich aber durchfuhr es ihn wie ein Blitz. Wie ein Stromschlag. Genau in dem Augenblick als die Schulter einer Frau an seinem Arm vorüberstreifte. Wie erstarrt blieb er stehen. Da, wo eben noch tausend Gedanken gewesen waren, herrschte schlagartig die Leere einer weißen Leinwand. Doch sie blieb nicht lange leer, denn im nächsten Moment wurde sie von einer Vision gefüllt.

Eine stämmige Frau, gekleidet nur in einem Bademantel, stand in einer unaufgeräumten Küche. Zu ihren Füßen ein fünfjähriger Junge, der heftig weinte. Die Frau hielt ihn grob an der Schulter gepackt und stieß ihn zu einem Tisch. Auf dem Tisch lagen ein Gürtel, ein Kleiderbügel und ein Verlängerungskabel. „Such dir was aus!“, sagte die Frau mit einem sadistischen Grinsen.

Die Vision dauerte nur den Bruchteil einer Sekunde, dann war David wieder zurück im Stadion, in der Menschenmenge. Trotzdem hatte er jede Einzelheit erfasst. Und nicht nur das, er hatte den Schmerz und die Verzweiflung des Kindes tief in seinem Herzen gefühlt, so als sei er selbst es gewesen. Aber er war es nicht. Es war kein Bild aus seiner Kindheit gewesen. Er hatte vielmehr etwas von außen empfangen. Diese Frau, die eben an ihm vorbeigegangen war, fiel ihm wieder ein. War das nicht die Frau gewesen, die er auch in seiner Vision gesehen hatte?

David wandte sich um. Er sah die Frau. Sie trug einen grauen Mantel und zog einen kleinen Jungen neben sich her, dessen Hand sie mit einem schraubstockartigen Griff umklammerte. Der Junge aus der Vision, kein Zweifel. Aber war es wirklich eine Vision gewesen? Oder vielleicht nur eine Fantasie? Kaum waren die Frau und der Junge gänzlich in der Menge verschwunden, fragte David sich ernsthaft, ob es sie überhaupt gegeben hatte. Eine eigenartige Angst befiel ihn. Irgendwie schien sein ganzes Leben sich in einen Traum aufzulösen.

Nachdenklich ging David weiter. Die Menschenmenge wurde dichter, denn der Anpfiff des Spieles stand kurz bevor. Er fing den Blick eines indisch aussehenden jungen Mannes auf. Im nächsten Moment kam er dicht an ihm vorüber, ihre Arme berührten sich. David spürte wieder diesen Blitzschlag, der ihn für einen Augenblick aus der Gegenwart herausschleuderte.

Er sah den Inder in einer Toilette hier im Stadion, wie er sich die Hände wusch. Auffällig sorgfältig, so als warte er auf etwas. Ein zweiter Mann kam herein. Er trat neben den Inder. Sie sahen sich nicht direkt an, sondern tauschten Blicke über den Spiegel. Dann ging der Mann zu einem der Abfalleimer, holte ein Bündel heraus und legte ein Päckchen hinein. Kaum hatte er die Toilette verlassen, trat der Inder zum Abfallbehälter und nahm das Päckchen an sich. David wusste, dass es sich dabei um Drogen handelte.

Schlagartig war David wieder in der Gegenwart. Er blieb stehen und wandte sich um. Der Inder reihte sich eben in eine Warteschlange am Eingang ins Stadion ein. David kehrte um und ging mit eiligen Schritten auf ihn zu. Er klopfte dem Inder auf die Schulter. Dunkle Augen unter buschigen Brauen sahen ihm zuerst ins Gesicht und dann auf das Emblem des Sicherheitsdienstes auf seiner Jacke. Nur für einen Augenblick schien er verunsichert. „Würden Sie bitte aus der Schlange treten?“, bat David ihn höflich, aber bestimmt.

Der Mann kam der Aufforderung nach und trat einen Schritt vor. „Was ist los?“, fragte er. „Ich habe nichts getan.“

„Wir hatten in letzter Zeit Probleme mit Drogendealern“, erklärte David. „Darf ich Ihre Taschen durchsuchen?“

Der Inder sah David zunächst beunruhigt an, ehe er seinen Blick durch die Menge schweifen ließ. Dann hob er die Arme. David tastete ihn ab, fasste in seine Taschen, fand aber nichts. Er konnte es selbst nicht glauben. Dabei war er so sicher gewesen. Er hatte seiner Vision geglaubt. War sie also doch nur ein Trugbild gewesen?

„Kann ich meine Arme wieder runternehmen?“, fragte der Mann unterdessen.

„Natürlich“, antwortete David, seine Verunsicherung nur mühsam verbergend.

„War’s das?“

David nickte.

„Ich hoffe, Sie kriegen die Kerle“, sagte der Inder zuletzt, ehe er verschwand. David bemerkte den höhnischen Zug, der seine Mundwinkel umspielte, und das Herumschweifen seines Blickes. Als wäre da jemand in der Menschenmenge, dem er versteckte Zeichen gab. Ein Komplize? Vielleicht. Gut möglich, dass David zu spät gekommen und der Stoff längst in anderen Händen war. Diese Leute waren raffiniert. Oder war David doch nur einer Kapriole seiner überreizten Nerven aufgesessen? Wie auch immer, um das herauszufinden, wollte er den Inder im Auge behalten.

David tat so, als sei die Sache für ihn erledigt, und entfernte sich. Da kam plötzlich eine Stimme aus seinem Funkgerät. „Wir haben eben eine Nachricht erhalten“, teilte eine Stimme mit. „Dein Sohn wurde in der Schule verletzt."

David blieb stehen. „Wo ist er jetzt?", fragte er.

„Noch immer in der Schule. Es ist bei den Proben für eine Theateraufführung passiert. Du sollst vorbeikommen und dich um die Sache kümmern."

David ließ das Funkgerät sinken und wandte sich nach dem Inder um, der nun wieder in der Warteschlange stand. Dieser sah ihn ebenfalls an. Auf seinem Gesicht lag ein höhnischer Ausdruck, der nicht schwer zu deuten war. Zu gerne hätte David ihn hochgenommen. Aber Joseph war wichtiger. Er hielt das Walkie-Talkie wieder an seine Lippen und sagte: „Ich komme." Dann wandte er sich um und verschwand.

Eine knappe halbe Stunde später fuhr David an der Grundschule seine Sohnes vor. Seit Joseph diese Schule besuchte, war David erst ein paar Mal hier gewesen, denn gewöhnlich kümmerte sich Audrey um alles, was mit Josephs Schule zu tun hatte. Trotzdem kannte er sich aus, hatte er doch selbst seine ersten Schuljahre hier verbracht. Eine junge Lehrerin führte ihn zum Büro der Schulärztin, das heute in einem anderen Schultrakt untergebracht war als zu seiner Zeit. Im Warteraum saß Joseph neben einem dicken Jungen, der ein Fieberthermometer im Mund hatte.

Joseph empfing seinen Vater überschwenglich. Der Junge hatte Abschürfungen und Kratzer im Gesicht und an den Armen, aber es sah nicht schlimm aus. David atmete erleichtert auf. „Was ist denn passiert?", fragte er seinen Sohn.

Joseph konnte nicht antworten, denn in diesem Moment trat Mrs. Robin aus ihrem Büro. Sie war eine ergraute alte Lady in einem taubengrauen Kostüm und mit einer Brille auf der Nasenspitze. Ihre wachen Augen verrieten, dass sie sehr wohl noch alle Sinne beieinander hatte. Lächelnd empfing sie David und bat ihn zu sich ins Büro.

Die beiden Jungen sahen ihnen nach. Hinter einer Milchglasscheibe beobachteten sie, wie die Erwachsenen sich setzten. „Ist das dein Vater?“, fragte der Junge mit dem Fieberthermometer im Mund. Joseph nickte. „Wetten, dass mein Vater stärker ist als deiner?“, provozierte der Dicke.

Joseph wandte sich dem Jungen zu und sah ihn einen Moment schweigend an, ehe er im Ton tiefster Überzeugung entgegnete: „Das glaube ich nicht.“

Unterdessen saßen Mrs. Robin und David sich im Büro gegenüber. „Joseph hat darauf bestanden, dass wir Sie rufen“, erklärte die Schulärztin. „Es war allerdings ziemlich schwierig, Sie zu erreichen. Die Telefonnummer Ihrer Arbeitsstelle befindet sich nicht in unseren Unterlagen.“ Sie sah David über den Rand ihrer Brille hinweg an.

„Audrey kümmert sich um diese Sachen“, entgegnete David ein wenig verlegen.

„Was meinen Sie mit ‚diese Sachen‘?“

„Sachen, die Joseph betreffen.“

Der Vorwurf im Blick der Schulärztin trat nun deutlich hervor. Wahrscheinlich hielt sie ihn für einen dieser Männer, denen die Belange ihrer Kinder egal waren, die die Verantwortung dafür allein ihren Frauen aufbürdeten. Audrey hatte ihm das auch schon vorgeworfen. Aber so war es nicht. David hätte sich gerne mehr um seinen Sohn gekümmert, wenn er sich nur seiner selbst sicherer gewesen wäre. Wie sollte er mit all diesen Unsicherheiten die Verantwortung für einen anderen übernehmen? Da meldete sich eine innere Stimme zu Wort. Wie passte das zu seinem Job? Übernahm er da nicht Verantwortung? War es vielleicht sogar seine Bestimmung, Verantwortung zu übernehmen, so wie Elijah dachte? Und er lief schon sein ganzes Leben lang vor dieser Bestimmung davon? Vor sich selbst?

David besann sich wieder und sah Mrs. Robin an. „Was muss ich also tun?“, wollte er wissen. „Irgendwelche übelriechenden Salben auf die Wunden schmieren?“

Mrs. Robin lächelte und schüttelte den Kopf. „Seine körperlichen Verletzungen waren nicht schlimm und werden rasch wieder von selbst verheilen“, teilte sie mit. Dann wurde ihre Miene ernst. „Ich mache mir mehr über seine seelischen Verletzungen Sorgen.“

David nickte. Er wusste, was sie meinte. Joseph war ein sehr sensibles Kind, begeisterungsfähig und fantasiebegabt, aber auch mit einer Neigung zum Grübeln und zur Schwermut.

„Er ist ganz anders als Sie damals waren“, meinte Mrs. Robin mit einem milden Lächeln. „Sie waren robust, und deshalb musste ich mir nicht mal Sorgen um Sie machen, als ich Sie ins Krankenhaus schickte.“

Überrascht blickte David auf. „Was haben Sie gesagt?“, wollte er wissen. Er kannte diese Frau nicht und wusste auch nichts von einem Krankenhausaufenthalt.

„Damals war mein Büro noch im Westflügel der Schule“, teilte Mrs. Robin mit. „Sie erinnern sich wohl nicht an mich, oder?“ David schüttelte den Kopf.

„Ich war damals noch sehr jung und hatte feuerrote Haare. Hinter meinem Rücken haben sich die Kinder lustig darüber gemacht, und ich weiß wohl, dass auch Sie Ihre Witze über mein rotes Haar gerissen haben." Scherzhaft drohte die alte Frau David mit dem Zeigefinger. Dann wurde sie wieder ernst. „Sie waren damals noch jünger als Joseph. Ich glaube, es war sogar kurz nach Ihrer Einschulung, als es passierte. Wussten Sie, dass Ihretwegen die Verhaltensregeln im Schwimmbad geändert wurden?"

David schüttelte den Kopf. Er hatte keine Ahnung, wovon Mrs. Robin sprach.

„Die Kinder reden noch heute davon wie von einer Geistergeschichte", fuhr Mrs. Robin fort. „‚Hast du gewusst, dass vor vielen Jahren ein Junge im Schwimmbad ertrunken ist?', erzählen sie sich. ‚Er lag fünf Minuten auf dem Grund, und als sie ihn endlich herausholten, war er tot.' Sollen sie das ruhig glauben. Es kann nicht schaden, wenn sie ein wenig Angst haben und sich vorsehen."

„Was ist damals passiert, Mrs. Robin?"

Die Schulärztin sah ihn erstaunt an. „Sie erinnern sich noch immer nicht? Sie waren mit ein paar anderen Jungs im Schwimmbad, und die haben Sie unter Wasser gedrückt. Als endlich Hilfe herbeikam, lagen Sie schon eine ganze Weile auf dem Grund des Beckens. Wie durch ein Wunder haben Sie trotzdem überlebt. Anschließend waren Sie lange im Krankenhaus. Sie hatten sich eine Lungenentzündung geholt. Haben Sie noch immer Angst vor Wasser?"

Während sie erzählt hatte, waren Erinnerungsfetzen an Davids geistigem Auge vorübergehuscht, doch sie ergaben kein vollständiges Bild. Zweifelsfrei änderte diese Geschichte alles. Er war nicht das unzerbrechliche

Gegenstück Elijahs, das dieser in ihm sehen wollte. Er wäre fast ertrunken und hatte lange gebraucht, um sich davon zu erholen. Welchen Beweis brauchte es noch, um Elijahs Geschichte vom Tisch zu fegen?

„Mr. Dunn", sagte die Schulärztin da und holte David wieder zurück in die Gegenwart. „Geht es Ihnen gut?"

„Entschuldigen Sie", schreckte David auf. „Was haben Sie gesagt?"

„Ob Sie sich noch immer vor Wasser fürchten?"

David überlegte kurz. „Ja", antwortete er erstaunt, denn es fiel ihm erst jetzt so richtig auf, „ich hab Angst vor Wasser."

Mrs. Robin sah David einen langen Moment schweigend an. „Sie sollten jetzt zu Joseph gehen", sagte sie dann. Sie brachte ihn noch zur Tür ihres Büros und verabschiedete sich dort von ihm.

Als Joseph seinen Vater kommen sah, sprang er vom Stuhl und lief auf ihn zu. Gemeinsam verließen sie die Schule. Schweigend ging Joseph neben seinem Vater her. Sie überquerten bereits den Pausenhof, als er endlich erzählte, was passiert war. „Potter und die anderen Typen haben mich verprügelt", erzählte er bedrückt. „Sie haben ein chinesisches Mädchen gehänselt, das ziemlich fett ist und sich deshalb mit niemandem zu sprechen traut." Joseph blieb stehen und ergriff die Hand seines Vaters, woraufhin auch David stehen blieb. „Man darf nicht zulassen, dass guten Menschen schlimme Dinge zustoßen, oder?", fragte er und sah David eindringlich an. „Das ist doch der Ehrenkodex, nicht wahr? Der Ehrenkodex der Helden."

David sah seinen Sohn nachdenklich an, während dieser mit Tränen in den Augen fortfuhr: „Ich wollte, dass sie aufhören. Aber sie haben mich nur herumgestoßen, auf den Boden geworfen und festgehalten." Seine Stimme zitterte, als er nach einer kurzen Pause hinzufügte: „Ich hab geglaubt, da du doch mein Vater bist, könnte ich auch ein bisschen sein wie du. Aber ich bin nicht wie du."

David ging in die Hocke, legte seine Hände auf Josephs Schultern und sah ihn an. „Du bist wie ich", sagte er. „Wir können beide verletzt werden. Ich bin ein ganz gewöhnlicher Mensch." Seine Hände schlossen sich fester um die Schultern des Jungen, um den folgenden Worten größeren Nachdruck zu verleihen. „Ich bin nicht das, wofür du mich hältst."

Fassungslos, auch verärgert sah Joseph seinen Vater an. „Wieso sagst du das immerzu?", warf er ihm vor.

10

Während des Abendessens wurde kaum ein Wort gesprochen. Joseph saß da und stocherte appetitlos in seinem Essen herum, auch David aß nur langsam. Audrey sah zwischen ihnen beiden hin und her. Das dünne Musikgeplärre, das aus dem Radio drang, vermochte die Stille in der Küche nicht zu füllen. Audrey ahnte, dass es zwischen Vater und Sohn ein Geheimnis gab. Wahrscheinlich war es ihr mütterlicher Instinkt, der sie davon abhielt, offen danach zu fragen.

Nach dem Essen brachte Audrey Joseph ins Bett. Unterdessen räumte David den Tisch ab. Während er Wasser in die Spüle laufen ließ, berichtete ein Sprecher im Radio, dass die Untersuchung des Wracks von Eastrail-zug Nr. 177 im Depot der Eisenbahngesellschaft noch immer ohne Ergebnis war, dass die Verkehrsbehörde von New Jersey aber beschlossen hatte, strengere Sicherheitsbestimmungen für den Bahnverkehr zu erlassen. Das Übliche eben. Ohne besondere Gefühlsregungen folgte David der Meldung und drehte an ihrem Ende den Wasserhahn zu. Da hörte er hinter sich, wie Audrey die Küche betrat. Er schaltete das Radio aus und wandte sich zu ihr um. Sie sah besorgt aus. Und sie hatte allen Grund dazu. „Joseph liegt einfach nur da“, sagte sie. „Irgendetwas geht inihm vor, das spüre ich genau. Aber er will einfach nicht darüber sprechen.“

David nickte. Er lehnte sich an die Anrichte und wischte sich die nassen Hände an einem Geschirrtuch ab.

„Offenbar beschäftigen ihn eine Menge Fragen", sagte er, „auf die er die Antworten ganz alleine finden will."

Audrey gab sich für den Moment mit dieser Antwort zufrieden. Auf Dauer würde sie es nicht. Joseph war ihr Junge, und sie war für sein Wohlergehen verantwortlich. „Schon merkwürdig", sagte sie und sah David überrascht an, „dass du mir mal was über Joseph erzählst. Aber das gefällt mir."

David lächelte verhalten. Sie standen sich einen Moment schweigend gegenüber und sahen sich an. Keiner von beiden wusste so recht, was er sagen sollte. Aber beide fühlten, dass der Stillstand, in dem ihre Ehe so lange gefangen gewesen war, allmählich aufbrach, dass sich etwas zwischen ihnen bewegte, auch wenn niemand hätte sagen können, wohin es sie führen mochte.

„Hast du Lust, wieder mal mit mir auszugehen?", fragte David unvermittelt.

„Ja", antwortete Audrey spontan, noch ehe er die Frage ganz zu Ende gesprochen hatte. Ihr Herz schlug plötzlich schneller.

„Falls wir wieder jemanden treffen, den du aus Josephs Schule kennst", witzelte er, „dann ist mein Name Juan, klar? Ich wollte schon immer Juan heißen. Männer mit einem solchen Namen müssen einfach perfekte Liebhaber sein. Sie können gar nicht anders."

Audrey nickte lächelnd. Dann wurde ihre Gesicht wieder ernst. „Elijah Price war heute im Rehazentrum", teilte sie mit. „Er kannte mich und hat –"

„Dieser Wahnsinnige!", stieß David aus und ballte die Fäuste.

Audrey sah den Schrecken in Davids Miene. „Er hat nichts angestellt", beruhigte sie ihn sogleich. „Aber er hat mir von seiner… Theorie erzählt. Du weißt auch davon?“ David biss sich auf die Unterlippe und nickte. Audrey schüttelte den Kopf. „Schon traurig, wenn Patienten sich auf diese Weise verändern, um mit ihrer Krankheit klarzukommen“, sagte sie, und ihr Mitgefühl war echt. „Sie verlieren jeden Bezug zur Realität und kapseln sich in eine Traumwelt ab.“

Während Audrey redete, kam Joseph hinter ihrem Rücken herein und setzte sich an den Tisch. David bemerkte es mit Erstaunen, aber ehe er etwas sagen konnte, schnürte der Schrecken ihm die Kehle zu. Trotzig erwiderte der Junge den Blick. Er hatte den Revolver seines Vaters vor sich auf den Küchentisch gelegt. „Was zur Hölle soll das, Joseph?“, sagte David atemlos nach der ersten Schrecksekunde.

Erst jetzt wurde auch Audrey aufmerksam. Sie wandte sich um. Beim Anblick der Waffe schrie sie kurz auf und legte die Hand vor den Mund, wie um einen weiteren Schrei zu ersticken. Was hatte das zu bedeuten?

Joseph sah David eindringlich an. In seinen Augen standen Tränen. „Du willst es einfach nicht glauben, oder?“, schluchzte er verzweifelt. „Dann werde ich es dir eben beweisen. Du bist unverletzbar.“

Audrey wollte einen Schritt auf Joseph zumachen, aber David fasste sie am Arm und hielt sie zurück. „Die Waffe ist nicht geladen“, sagte er mit angespannter Stimme, „und er weiß nicht, wo ich die Patronen aufbewahre.“

„Weiß ich wohl“, versetzte Joseph. „Du hast sie in deinem goldenen Pokal versteckt, der auf eurem Kleiderschrank steht.“ Er legte seine Hand auf die Waffe.

Davids Gesicht wurde blass wie eine Wand. Er schimpfte sich selbst einen Idioten. Hätte es wirklich kein besseres Versteck gegeben? Er trat einen kleinen Schritt vor und fixierte Joseph. Nur aus dem Augenwinkel nahm er Audrey wahr, die ihren Sohn mit fassungslosem Entsetzen anstarrte.

„Joseph“, sagte David mit erhobener Stimme, „hast du den Revolver geladen?“

Der Junge nickte heftig. Tränen rannen über seine Wangen und tropften auf den Tisch. Seine Gesichtsfarbe wechselte immer wieder zwischen tiefster Blässe und pulsierendem Rot. „Die Kugel wird dich nicht verletzen“, schluchzte er.

„Elijah hat Unrecht“, beschwor David seinen Sohn.

Audrey wandte den Kopf und sah David erstaunt an. „Wann hat Joseph Elijah getroffen?“, fragte sie.

„Joseph hat mich begleitet, als ich Elijah zum ersten Mal in seiner Galerie aufgesucht habe“, teilte David mit, ohne seinen Sohn aus den Augen zu lassen.

„Keiner glaubt Elijah“, rief dieser unterdessen. „Aber er hat Recht. Er ist der Einzige, der weiß, was wirklich los ist.“

Audrey trat einen Schritt auf ihn zu. „Hör mir zu, Joseph“, sagte sie, wobei sie alle Kraft zusammennehmen musste, um ruhig und beherrscht zu bleiben. „Es gibt Menschen, die leiden für eine lange Zeit an einer Krankheit. Dadurch finden sie in kein normales Leben. Deshalb fangen sie an, sich eine neue Welt zu erschaffen. Genau das ist auch mit Elijah passiert. Er lebt in seiner eigenen Welt. Aber das ist nicht unsere Welt, verstehst du?“ Audrey streckte ihre Hand aus, als wolle sie nach der Waffe greifen. Aber sie war dafür viel zu weit entfernt.

„Elijah hat mir erzählt, was er von David denkt", sagte sie. „Du darfst das nicht glauben. Elijahs Ansichten sind nur ein anderer Ausdruck seiner Krankheit."

„Ich werde euch zeigen, dass er Recht hat!", rief Joseph, nahm die Waffe in die Hand und richtete die Mündung auf seinen Vater. Die Blicke der beiden verschränkten sich. David trat ein wenig zur Seite. Der Lauf verfolgte ihn. Joseph war offenbar zum Äußersten entschlossen. David überlegte fieberhaft.

„Kennst du die Geschichte des Jungen, von dem man behauptet, er sei im Swimmingpool in eurer Schule ertrunken?", sagte er. Joseph nickte. „Er ist nicht ertrunken. Aber beinahe. Und weißt du, wer dieser Junge war?" Ein Kopfschütteln, ebenso verhalten wie das Nicken vorhin. „Das war ich!", rief David. „Ich bin fast ertrunken. Wenn man mich nicht aus dem Wasser gezogen hätte, wäre ich ertrunken. Verstehst du, was das bedeutet? Begreifst du?"

„Du lügst!", schrie Joseph.

„Das tue ich nicht! Ich habe es nur vergessen. Mrs. Robin hat es mir heute erzählt."

„Außerdem wurde dein Vater im College verletzt", warf Audrey ein, „du weißt das doch. Wir haben es dir oft erzählt. Du hast die Fotos in den alten Zeitungen gesehen. Das sind Tatsachen! Was Elijah sagt, sind nur Vermutungen eines kranken Mannes." Joseph zeigte sich von ihren Worten wenig beeindruckt. „Schieß nicht, Joseph!", beschwor Audrey ihren Sohn. „Dein Vater wird sterben!"

Joseph warf ihr einen kurzen Blick zu, ehe seine Augen sich wieder auf David hefteten. Er konnte ihre Worte nicht leichthin abtun und musste zugeben, dass er dafür keine Erklärung hatte. Aber sein Glauben an Davids Unverwundbarkeit war größer. Schließlich hatte er das Zugunglück überlebt. Und außerdem hatte Joseph beim Bankdrücken selbst mitangesehen, welche Kraft sein Vater hatte. Vielleicht war er ja erst im Lauf seines Lebens zu einem Superhelden geworden.

„Ich schieß nur einmal", rief Joseph aus und wischte sich rasch mit dem Handrücken die Tränen aus den Augen. Dann fasste er die Waffe mit zwei Händen. David wollte etwas sagen, doch seine Worte erstarben, als er das Klicken des Hahns hörte. „Keine Angst, Daddy", sagte Joseph. „Dir wird nichts passieren."

„Hör mir gut zu, Joseph!", sagte David da mit erhobener Stimme. Er zitterte am ganzen Körper, sein Sweatshirt war schweißnass. „Wenn du den Abzug durchziehst, gehe ich für immer fort. Nach New York. Verstehst du? Ich gehe nach New York." David bemerkte das kurze unsichere Flackern in Josephs Augen. Da wusste er, dass er das Richtige gefunden hatte. Josephs größte Angst war immer gewesen, dass seine Eltern sich trennen würden und er von seinem Vater getrennt würde.

„Du hast vollkommen Recht", sagte David nun. „Wenn du auf mich schießt, wird die Kugel von mir abprallen, ohne dass sie mich verletzt. Aber dafür wird etwas anderes passieren." Er zeigte mit großer Geste zur Tür. „Ich werde durch diese Tür gehen, hinauf in mein Zimmer, und dort werde ich meine Sachen packen. Dann gehe ich nach New York und komme nie mehr zurück, hörst du? Nie mehr!"

Josephs Hand zitterte. Er ließ die Waffe langsam sinken, wenn auch nur ein wenig. „Warum?", fragte er verzweifelt.

„Weil ich dachte, wir könnten echte Freunde werden“, sagte David. „Wir waren es nicht immer. Das war mein Fehler, ich weiß. Ich hab dich nicht an mich herangelassen. Aber jetzt sollte doch alles anders werden, oder? Wir wollten Freunde sein. Freunde vertrauen einander. Einer hört dem anderen zu. Und sie tun vor allen Dingen eines nicht: Sie schießen nicht aufeinander. Oder wie siehst du das, Audrey?“

Audrey warf David einen kurzen Blick zu. Wenn sie eine Rangliste der merkwürdigsten Fragen, die sie in ihrem Leben gehört hatte, hätte aufstellen müssen, dann wäre diese mit Sicherheit ganz oben gestanden. „Wir schießen nicht auf Freunde, Joseph“, sagte sie.

Josephs Hände zitterten. Er hatte die Waffe langsam weiter sinken lassen. Jetzt hob er sie wieder an und schloss die Augen. Ein Zeichen, dass er gleich abdrücken würde? Davids Herz setzte aus.

„Joseph!“, schrie er. Der Junge öffnete die Augen wieder und sah sich einem furchteinflößendem Blick seines Vaters gegenüber. „Du reitest dich da in einen ziemlichen Schlamassel! Ich bin dein Vater, Herrgott nochmal! Und ich sage dir: Leg diese gottverdammte Kanone endlich weg oder du kannst was erleben! Ich zähle bis drei! Eins – zwei –“

Mit einer raschen Bewegung legte Joseph die Waffe auf den Tisch und dann die Hände in seinen Schoß. Starr wie ein Kaninchen vor der Schlange saß er. Seine Blicke waren stur auf die Tischplatte gerichtet.

Kaum hatte er die Hände von der Waffe genommen, machte David einen Satz zum Tisch und nahm sie an sich. Erst im nächsten Moment merkte er, wie ihm die Knie schlotterten. Er musste sich gegen die Anrichte lehnen.

Audrey ging es kaum besser. Ihre Beine wollten sie nicht mehr tragen. Sie sank da, wo sie gerade stand, zusammen, saß plötzlich am Boden und wischte sich mit einer Hand über das Gesicht, während die andere leblos herabhing. Mit starrem Entsetzen sah sie zu, wie David die Kugeln aus der vollgeladenen Revolvertrommel in seine Handfläche tropfen ließ.

Die Küche war erfüllt von Schweigen, in das das schwere Atmen der beiden Erwachsenen und das stille Schluchzen Josephs gewoben war. Es dauerte eine Weile, bis David und Audrey ihren Sohn wieder ansehen konnten. Nur um Haaresbreite waren sie einer Katastrophe entgangen, die sie alle unglücklich gemacht hätte.

Nachdem David am nächsten Tag seinen Dienst im Stadion hinter sich gebracht hatte, stattete er Elijah in seiner Galerie einen Besuch ab. Der Vorfall am Abend erforderte es, dass David ein paar klare Worte mit ihm wechselte. David war noch immer wütend. Und er gab nicht Joseph die Schuld, sondern Elijah, der den Verstand des Jungen mit seinen Hirngespinsten völlig verwirrt hatte.

Da David die Tür der Galerie verschlossen fand, hämmerte er mit der Faust dagegen. Es dauerte geraume Zeit, bis Elijah öffnete. Erstaunt betrachtete David den Rollstuhl. „Was ist denn mit Ihnen passiert?“, fragte er.

„Ich wollte Rugby spielen“, scherzte Elijah sarkastisch, „war aber wohl keine besonders gute Idee.“

Während David die Tür zumachte, wendete Elijah seinen Rollstuhl und fuhr über eine Rampe in die ein wenig erhöht liegenden Ausstellungsräume. „Kommen Sie“, rief er David zu, nachdem er vor einem seiner

Ausstellungsstücke angehalten hatte. David ließ sich absichtlich Zeit.

„Sehen Sie sich das mal an", sagte Elijah schließlich, als David bei ihm war. Dieser sah nur ganz beiläufig auf die eingerahmte Zeichnung an der Wand. Sie zeigte einen Mann in einem eng anliegenden Dress und einem Umhang, wodurch er als Superheld ausgewiesen war. Der Schatten eines gewaltigen Ungeheuers, das selbst nicht zu sehen war, hüllte ihn ein. Seine Bedrohlichkeit war nur am Blick des Helden abzulesen.

„Diese Zeichnung stammt aus der Sentryman-Reihe", erklärte Elijah. „Sie erschien in ihrer colorierten Fassung in der zweiten Ausgabe." Elijah streckte seine unverletzte Hand aus, die wie immer in einem schwarzen Handschuh steckte, und deutete auf einzelne Merkmale des Bildes. „Sehen Sie sich die Haltung an", sagte er, „und seine Augen. Fällt Ihnen daran etwas auf?"

David betrachtete die Zeichnung genauer, gab jedoch keine Antwort. Elijah ließ ihm auch kaum Zeit dafür, denn er beantwortete seine Frage bereits ein paar Sekunden später selbst: „Seine Augen zeigen Angst. Erstaunlich, nicht? Am Beginn der Serie waren die Zeichner noch aufrichtiger als später. Sie gestanden dem Helden mehr Menschlichkeit zu. Die Idealisierung setzte erst später ein. Dann war er der ständig tapfere Held, für den Furcht ein Fremdwort war."

Mit einer raschen Bewegung ließ Elijah den Rollstuhl herumsausen, sodass er David frontal gegenüberstand. „Ich bin diesem Kerl in der Armeejacke gefolgt", sagte er. „Sie erinnern sich doch, oder?" David nickte. Elijah nahm ihn fest in den Blick. „Stellen Sie sich vor", sagte er mit sichtlicher Genugtuung, „er hatte einen silbernen

Revolver mit einem schwarzen Griff hinten in seinem Gürtel stecken."

David stand sprachlos da. Nachdenklich sah er Elijah an. Für einen Moment vergaß er ganz, weshalb er gekommen war.

„Sagen Sie, David", fuhr Elijah dafür fort, „wurden Sie bei diesem Autounfall während Ihrer Collegezeit wirklich verletzt?"

David wich Elijahs aufdringlichem Blick aus. Auch diesmal ließ der Schwarze ihm keine Zeit für eine Antwort, denn er fuhr sogleich fort: „Wenn ich ehrlich sein darf: Ich glaube, Sie haben nur simuliert. Sie sind aus jenem Auto ebenso unverletzt herausgekommen wie vor kurzem aus dem Wrack des Eastrail-Zuges. Aber der Unfall gab Ihnen eine hervorragende Gelegenheit, auf elegante Weise aus einer schwierigen Situation auszubrechen. Sie konnten Ihre Football-Karriere beenden, ehe sie richtig anfing, ohne sich unangenehmen Fragen auszusetzen und dem Drängen wohlmeinender Ratgeber, denen es in Wahrheit natürlich nur um ihr eigenes Wohl ging. Aber warum sollten Sie so etwas tun? Eine aussichtsreiche Karriere einfach abblasen? Ich glaube, Sie haben es für eine Frau getan." Elijahs Augen blitzten. Es fiel David schwer, seinem Blick standzuhalten. Doch ihm auszuweichen wäre einem Einverständnis gleichgekommen. Nach kurzem entspannte sich Elijahs angestrengte Miene, es trat sogar ein sanftes Lächeln auf seine Lippen. „Ich kann Ihren Entschluss nachvollziehen", sagte er. „Wie lange dauert eine Footballkarriere? Zehn Jahre? Die Liebe dagegen, die dauert ewig."

Elijah rollte in die Mitte des Raumes, machte eine Kehre und sah David an. „Nun, da ich das weiß, passt für mich alles zusammen", verkündete er. „Sie haben mir von der Traurigkeit erzählt, die Sie jeden Morgen verspüren. Erinnern Sie sich? Auch dafür habe ich eine Erklärung. Vielleicht ist der Grund dafür, dass Sie nicht das tun, wofür Sie ausersehen sind. Sie werden Ihrer Bestimmung nicht gerecht, David. Ihr ganzes bisheriges Leben war nur eine Täuschung – eine Selbsttäuschung." Elijah legte seine gesunde Hand auf den gebrochenen Arm. „Wenn Sie aber wirklich das Gegenteil von mir sind, was würde daraus folgen? Was?"

In Elijahs Augen war wieder dieses Funkeln, das David jedesmal erschreckte. Diese Augen waren dann wie ein Abgrund, der einen vielleicht nicht mehr freigab, wenn man sich in ihn fallen ließ.

„Sie sind der, auf den ich gewartet habe, Mr. Dunn", sagte Elijah. „Der auserwählte Mensch, von dem die Mythen bis in unsere Zeit wussten, dass es ihn gibt und dass er kommen wird. Es ist höchste Zeit. Das Böse gewinnt sonst gänzlich die Oberhand." Er wies mit einer großen Geste um sich, wobei nicht ganz klar war, ob er die Bilder der Helden und Bösewichte an den Wänden meinte oder die Welt jenseits dieser Wände; vermutlich beides.

Nachdem all das, was in Elijahs Augen gesagt werden musste, gesagt worden war, verfiel er in Schweigen. Die bewundernden Blicke des Schwarzen mochten nicht zu Davids demonstrativ gleichgültiger Körperhaltung passen. Die Hände in den Hosentaschen stand er da. Dann machte er einen Schritt auf Elijah zu und sagte: „Wissen Sie, die Sache mit der silbernen Pistole ist gar nicht so ungewöhnlich. Wahrscheinlich hat sie sich unter der Jacke abgezeichnet und ich hab das unbewusst wahrgenommen. Außerdem haben die meisten Waffen einen schwarzen Griff. Und dass sie ausgerechnet silbern war ... Meine Chance, das zu erraten war fifty-fifty."

„Ich habe etwas anderes gesehen, David", versetzte Elijah. „Sie haben nicht geraten. Sie wussten, dass er eine solche Waffe hatte."

David zuckte gleichgültig die Schultern. Dann endlich nahm er die Hände aus den Taschen und stellte sich aufrecht vor Elijah hin. „Hören Sie auf, sich in mein Leben einzumischen, Elijah", verlangte er. „Gestern Abend hätte mein eigener Sohn mich um ein Haar über den Haufen geschossen. Er wollte beweisen, dass Sie Recht haben und ich unverwundbar bin."

„So was hab ich nie behauptet", entgegnete der Schwarze. „Schon gar nicht, dass Sie unsterblich sind."

David kam noch einen Schritt näher. „Meine Frau hat vollkommen Recht", sagte er. „Sie haben ein Problem. Irgendwann in Ihrem Leben ist mit ihren Knochen noch etwas anderes zerbrochen. Sie haben einen Knacks in Ihrem Verstand und in Ihrer Seele abbekommen."

Zum ersten Mal sank Elijah ein wenig in seinem Rollstuhl zusammen. Diese Worte ließen ihn keineswegs kalt, denn sie trafen ihn an seiner empfindlichsten Stelle. Aber sie vermochten nicht, ihn von seiner Idee abzubringen. „Es gab drei große Katastrophen in Philadelphia", sagte er. „Es gab nur einen einzigen Überlebenden: Sie, David."

„Ich muss Ihnen noch was sagen, Elijah." David wartete einen Augenblick und sah den Mann im Rollstuhl an. Was er ihm jetzt sagen würde, würde sein Kartenhaus gänzlich zum Einsturz bringen. „Als Kind musste ich eine Woche in einem Krankenhaus verbringen", fuhr er dann fort. „Ich wäre fast in einem Swimmingpool ertrunken und hatte mir dabei eine Lungenentzündung zugezogen. Es ist mir einfach entfallen. Aber jetzt erinnere ich mich genau daran. Zwei andere Jungen wollten mich unter Wasser drücken. Dabei habe ich Wasser geschluckt. Sie haben das nicht gemerkt und hätten mich fast umgebracht." David beobachtete, wie Elijah in seinem Rollstuhl immer tiefer zusammensank. „Helden sterben nicht auf eine solche Weise, oder?", fügte er hinzu. „Nur ganz gewöhnliche Leute."

Elijah antwortete nicht. Wie betäubt saß er da. Die Hoffnung, die er gehegt hatte und die seinem Leben Sinn hätte geben sollen – zerplatzt wie eine Seifenblase. Es war nicht möglich, einfach nicht möglich. Er war sich so sicher gewesen.

David sah Elijah lange schweigend an. Nach dem, was am Abend davor passiert war, hielt sich sein Mitleid in Grenzen. Um ein Haar hätten Elijahs Wahnideen seine ganze Familie zerstört. Er hoffte, dass nun endgültig Schluss damit war. „Leben Sie wohl, Elijah", sagte er, wandte sich um und verließ die Galerie. Für immer, glaubte er.

11

Bleierne Wolken zogen über Philadelphia hinweg. Immer wieder entluden sie ihre auf dem Meer geladene Fracht, ließen sie wie ein Trommelfeuer auf die Stadt niedergehen. Der Tag war kaum mehr gewesen als eine fortdauernde Dämmerung, die sich mit jedem Wolkenbruch gänzlich zur Nacht verfinsterte. Dieses sintflutartige Wetter hielt sich nun schon den dritten Tag in Folge. Heftig schlug der Regen gegen die Fenster der Limited-Edition-Galerie. Elijah saß in der Mitte des Raumes, in einen tranceartigen Zustand versunken. Schon seit zwei Tagen befand er sich in dieser Verfassung. Unmerklich ging indes der verfinsterte Tag in die eigentliche Nacht über.

Mrs. Price war zweimal vorbeigekommen, um ihren Sohn nach Hause zu holen, aber er hatte sie beide Male unverrichteter Dinge wieder fortgeschickt. Sein Zustand beängstigte sie. So deprimiert hatte sie ihn schon seit Jahren nicht mehr gesehen. Wenn er ihr wenigstens mitgeteilt hätte, was ihn bedrückte. Aber es war kein Wort aus ihm herauszukriegen.

Es war schon spät, als Elijah aus dem Zustand dumpfen Brütens aufschreckte. Er blickte sich um. Sein Blick schweifte über die Exponate an der Wand. „Alles Unsinn“, zischte er verächtlich und ballte die gesunde Hand. Er hatte plötzlich das Gefühl, es hier nicht länger auszuhalten. Der Blick durch das Fenster hinaus auf die Straße zeigte ihm, dass es aufgehört hatte zu regnen.

Elijah rollte in seinem Rollstuhl auf die Straße hinaus. Die nächtliche Luft berührte seine Haut wie eine klamme Hand. Er zuckte kurz zusammen. Dann rollte er den Bürgersteig hinab. Er hatte keine zweihundert Meter hinter sich gebracht, als schon wieder erste Tröpfchen vom Himmel fielen. Der nächste Schauer kündigte sich an. Elijah beschleunigte. Die Tropfen wurden rasch größer und zahlreicher. Gerade als der Platzregen ungehemmt losbrach, rettete Elijah sich in einen schmuddeligen Laden.

Bei der Tür blieb er stehen. Die Ladentheke war verwaist, an der Decke hingen Neonröhren und gossen ihr kaltes Licht in den schmucklosen Raum. Elijah ließ seinen Blick über die Regale wandern. War das ein Zufall oder Fügung? Er befand sich in einem Comicladen, sah Hunderte, wenn nicht Tausende der bunten Heftchen vor sich. Jetzt erkannte Elijah den Laden auch wieder, was nicht verwunderlich war, denn in ganz Philadelphia gab es keinen Comicladen, den er nicht gekannt hätte. Der hier wirkte irgendwie schmuddelig, weshalb Elijah ihn trotz der Nähe zu seiner Galerie nur selten besuchte.

Um diese Zeit war kein Mensch mehr hier. Elijah rollte zwischen den Regalen hindurch in die Abteilung, die die Comics über Superhelden enthielt. Er betrachtete ein Titelbild nach dem anderen. Mit jedem wuchs sein Groll. Wahrscheinlich hatten David und seine Frau Recht. Er war verrückt. Zu glauben, Comics hätten etwas mit der realen Welt zu tun, statt einfach nur bunte Geschichten für Kinder zu erzählen, das war doch verrückt. Und doch wollte Elijah einfach nicht glauben, dass er sich so geirrt haben sollte. Unversehens verfiel er wieder in das Brüten, das ihn nun schon seit Tagen beherrschte und das seiner Mutter solche Sorgen bereitete.

Dabei entging Elijah, dass der Verkäufer – ein fetter Kerl mit Pferdeschwanz, der mindestens ebenso schmuddelig war wie sein Laden – zurückkehrte und hinter der Kasse Platz nahm. Er zog ein Pornoheft unter dem Tresen hervor und blätterte ungeniert darin. Offensichtlich erwartete er keine Kundschaft mehr, stellte auch Elijahs Anwesenheit erst nach einer Weile und mit sichtlicher Überraschung fest.

Es ging auf acht Uhr zu. Der Pferdeschwanz-Typ blickte auf und sah nach dem Regal, hinter dem er Elijah gehört, aber noch nicht gesehen hatte. Ziemlich unheimlich das Ganze, fand er. Was trieb der Kerl dort? Er stand jetzt bestimmt schon eine halbe Stunde dort. Der Verkäufer wartete weitere zwanzig Minuten. Nichts regte sich. Um halb neun wollte er eigentlich schließen.

„He, Mann“, rief er Elijah zu, „es ist zwanzig nach. Du solltest dich langsam entscheiden. Ich mach gleich zu.“ Er lauschte, hörte nichts. Ein böser Verdacht kam ihm. „Wichs mir bloß nicht über die japanischen Comics“, warnte er, „sonst passiert was.“ Er hatte schon allerhand erlebt.

Der Pferdeschwanz-Typ zählte das Geld in seiner Kasse und schloss es in eine Geldbombe, die er zusammen mit den Pornoheften in der Schublade im Tresen verwahrte. Dann stand er auf und trat langsam zu dem Regal, hinter dem er den Kunden gehört hatte. Was trieb der dort nur? Es war nichts zu hören, nur sein Atem. Schließlich ging er um das Regal herum. Erstaunt blieb er stehen, als er sah, dass der Mann im Rollstuhl saß. Er schluckte die Grobheiten, die er eigentlich hatte loswerden wollen, hinunter und sagte nur: „Hören Sie, Mann, Sie sollten sich langsam entscheiden."

Elijah reagierte nicht. Apathisch sah er vor sich hin. Der Pferdeschwanz-Typ saß ziemlich in der Patsche. Einen Rollstuhlfahrer anzupöbeln, machte sich irgendwie nicht gut. Und mit dem Kerl schien noch einiges mehr im Argen zu liegen, so wie er dasaß. Er kam zu einem Entschluss. „Ich fahre Sie raus auf die Straße, Mann", sagte er und trat hinter den Rollstuhl. „Auf dem Bürgersteig haben Sie alle Zeit der Welt, um nachzudenken. Ich hab nämlich einen Bärenhunger und will endlich hier raus."

Elijah reagierte noch immer nicht. Er ließ es zunächst zu, dass der Verkäufer ihn durch einen schmalen Gang auf den Ausgang des Ladens zuschob. Dann aber fuhr seine gesunde Hand an eines der Räder und hielt es fest. Der Rollstuhl machte eine seitliche Drehung, das ausgestreckte, geschiente Bein krachte in das Regal hinein. Ein paar Comichefte fielen zu Boden.

„Scheiße", stieß der Pferdeschwanz-Typ wütend aus. Am liebsten hätte er Elijah einen Tritt verpasst, aber er nahm sich zusammen und schob den Rollstuhl wieder an. Keine zehn Schritte später riss Elijah denn Rollstuhl wieder herum, sein Bein schlug erneut ins Regal, diesmal noch heftiger.

„He, Mann", rief der Pferdeschwanz-Typ aus, „es ist mir scheißegal, ob du in einem Rollstuhl sitzt. Wenn du dich nicht anständig aufführst, ruf ich die Bullen."

Er wartete ab, sah auf Elijah herab. Keine Reaktion. Ob das ein Zeichen der Zustimmung war? Der Mann versuchte es noch einmal. Aber Elijah riss den Rollstuhl wieder herum.

„Das war's, du Arsch", stieß der Mann wütend aus. „Sollen sich die Bullen mit dir rumärgern."

Er stapfte davon. Hinter dem Tresen angekommen, griff er zum Telefon und wählte die Nummer der Polizei. Gelegentlich warf er einen prüfenden Blick auf Elijah, doch der saß unverändert starr und apathisch da. In seinem Schoß lagen ein paar Comichefte, die aus den oberen Fächern des Regals auf ihn herabgefallen waren.

Elijahs Blick nahm die bunten Titelbilder in seinem Schoß zunächst nicht wahr. Dann kam plötzlich eine Regung in sein Gesicht. Er zog die Brauen zusammen. Seine Hand griff nach einem der Hefte. „Century Comics", stand darüber. Elijah erkannte das Bild sofort wieder. Band einhundertsiebzehn, „Die Koalition des Bösen". Ein Schlag wie von einem Elektroschock fuhr durch ihn hindurch. Natürlich! Wieso hatte er nicht schon früher daran gedacht! Das war die Lösung!

„Wie viel kostet das hier?", fragte er in Richtung des Verkäufers und hielt das Heft in die Luft.

Am gleichen Abend hatten David und Audrey in einem neu eröffneten italienischen Restaurant in Philadelphia, dem „Alberto's" einen Tisch reserviert. Doch zunächst waren sie sich unschlüssig, ob sie überhaupt weggehen sollten, denn sie machten sich um Joseph Sorgen. Seit seinem Ausraster vor drei Tagen war er völlig verändert. Der sonst so lebhafte Junge brütete nur noch dumpf vor sich hin. Manchmal sah er seinen Vater mit einem Ausdruck von Trauer und Wut an. Das war alles, was er an Gefühlen zeigte.

David trat fertig angezogen in Josephs Zimmer. Er saß auf seinem Bett und spielte mit der Plastikfigur eines

Superhelden. Aber eigentlich spielte er nicht damit, er sah sie nur an. David setzte sich auf die Bettkante. „Wir können die Reservierung auch absagen und zu Hause bleiben, wenn dir das lieber ist", schlug er vor.

Joseph zuckte die Schultern. „Geht ruhig", sagte er, den Blick unverwandt auf die Figur in seiner Hand gerichtet. „Ich bin schon okay."

„Bist du sicher?"

„Klar. Ich war nur ein wenig durcheinander. Aber jetzt geht es mir wieder gut."

David wünschte, dass er das glauben könnte. In diesem Moment klingelte es an der Tür. Das war vermutlich Cindy, der Babysitter. David öffnete. Kaugummikauend kam sie herein und hängte ihre Jeansjacke an den Haken. „Joseph ist heute nicht gut drauf", sagte David. „Wir kommen so bald wie möglich nach Hause."

„He, Mann", erwiderte Cindy, „ich bin ein Profi. Machen Sie sich keine Sorgen, ich werde ihn schon aufheitern." Dann verschwand sie nach oben, um Joseph zu begrüßen.

Kaum waren ihre Schritte auf der Treppe verklungen, kam Audrey aus ihrem Schlafzimmer. Sie sah fabelhaft aus in ihrem kurzen roten Kleid. David schenkte ihr ein bewunderndes Lächeln, das sie dankbar entgegennahm. Dann wurde ihre Miene gleich wieder ernst. „Wie geht es Joseph?", fragte sie.

David zuckte die Schultern. „Er wirkt noch immer sehr bedrückt", teilte er mit. „Aber er sagt, wir sollten ruhig weggehen. Besser wir nehmen nur ein paar Drinks und kommen dann wieder nach Hause." Audrey nickte.

Nachdem sie sich von Joseph verabschiedet hatte, verließen die beiden das Haus.

Das „Alberto's" wurde dem Ruf, der ihm vorauseilte, in jeder Hinsicht gerecht. Wandmalereien italienischer Landschaften schufen ein mediterranes Ambiente, der Geruch von Oregano, Basilikum und Tomatensauce lag in der Luft und verführte David und Audrey dazu, doch einen Blick auf die Speisekarte zu riskieren. Sie konnten nicht wiederstehen und bestellten Pasta, die hier besonders gut sein sollte, dazu eine Flasche Rotwein. Nach dem Essen ließ David für Audrey einen Martini, für sich einen Sherry kommen. „Du hast damals auch immer einen Martini nach dem Essen getrunken", sagte er.

„Du hast es also nicht vergessen", entgegnete sie.

Die Gläser klangen zusammen, die beiden nippten an ihren Getränken.

„Auch wenn es nicht so aussah in der letzten Zeit", meinte David, während er sein Glas abstellte, „aber ich habe nichts von dem vergessen, was damals war."

„Wirklich? Dann erinnerst du dich sicher noch an das Spiel, das wir oft gespielt haben."

„Welches meinst du?"

„Unser Fragespiel."

„Oh, das."

David erinnerte sich sehr wohl daran. Auf die Weise hatte Audrey versucht, Informationen über ihn zu bekommen. Seine Lieblingsfarbe, was für Filme er mochte, was ihn an Frauen störte, was er mochte... Einer stellte dem anderen Fragen und riet gleichzeitig die Antwort. Sie hatten ganze Abende damit verbracht.

Audrey legte sofort los. Sie wollte wissen, ob sich seine Lieblingsfarbe geändert hatte, ob er noch immer davon träumte, fliegen zu können und ob er nach wie vor lackierte Fingernägel nicht ausstehen könne.

„Nächste Frage“, sagte Audrey einige Zeit später, nachdem sie bereits ihren zweiten Martini geleert hatte. „Wann hattest du das erste Mal das Gefühl, wir beide könnten es nicht schaffen?“

Das Lächeln auf Davids Lippen erstarb. „Gehört das noch zum Spiel?“, fragte er.

„Das Spiel ist vorüber“, entgegnete sie. „Ich habe gewonnen.“ Sie zog ihren Stuhl näher an den seinen. „Also, wann war es?“

David zuckte die Schultern. „Ich weiß nicht mehr.“

„Denk genau nach. Vielleicht war es ja kein bestimmter Moment, sondern viele kleine.“

David sah Audrey lange an. Er merkte, wie wichtig ihr eine Antwort war. „Ich hatte eines Nachts einen Albtraum“, sagte er schließlich. „Du weißt, ich hatte schon früher Albträume. Aber diesmal wollte ich nicht, dass du mich tröstest, also habe ich dich nicht geweckt. Ich glaube, da habe ich es zum ersten Mal gespürt. Beantwortet das deine Frage?“

Audrey nickte. Sie nahm ihr Glas und wollte es schon an ihre Lippen setzen, merkte aber dann, dass es leer war. Sie stellte es wieder hin. Dann sah sie David an: „Hältst du Joseph und mich eigentlich bewusst auf Distanz?“

„Ja“, erwiderte David.

Audrey spürte, wie sich etwas in ihrem Bauch zusammenballte. Sie war dabei, wütend zu werden. Ärgerte es sie mehr, dass er sie und Joseph auf Armlänge von sich weghielt oder dass er es so unumwunden zugab? Trotzdem beherrschte sie sich. Sie wollte den Abend nicht durch eine Szene ruinieren. „Warum tust du das?“, wollte sie wissen.

David zuckte die Achseln. „Ich weiß es selbst nicht. Es ist wegen dieses Gefühls. Irgendetwas stimmt nicht. Ich bin nicht da, wo ich hingehöre."

Nie zuvor war David so offen mit ihr gewesen. Seine Worte schmerzten. Nicht nur, weil sie eine Zurückweisung enthielten. Zum ersten Mal beschlich Audrey der Verdacht, dass ihre Schuld am Zustand ihrer Ehe vielleicht größer war, als sie immer angenommen hatte.

„Hast du was gegen Joseph und mich?", fragte sie. „Gegen das Leben, das du unseretwegen führen musst?" Ihre Hand näherte sich der seinen, aber sie berührte ihn nicht. „Es gab eine Menge Dinge, die du nach dem College hättest tun können. Du hast dieses Leben gewählt. Bereust du es?"

David antwortete nicht. Er sah nur auf seine Hände, die mit dem Pfefferstreuer spielten.

Tränen traten in Audreys Augen. „Du sollst eines wissen, David", sagte sie mit zittriger Stimme, „ich hab dir diese Verletzung nie gewünscht, auch wenn wir ohne sie vielleicht nie zusammengekommen wären. Was du sportlich zu leisten imstande warst, war eine große Begabung. Ich habe das immer so gesehen und niemals den Wunsch gehabt, du möchtest dieses Talent nicht haben. Du weißt das doch, oder?"

Erst jetzt legte sie ihre Hand auf die von David. Er sah hoch, begegnete ihrem Blick und verfing sich darin. Vieles hätte er ihr in diesem Moment sagen wollen: dass er nichts bereute, weil er nicht ernsthaft annahm, ein Leben als Footballspieler hätte ihn glücklicher gemacht; dass die Trauer in seinem Leben eine viel tiefere Ursache hatte; dass niemand daran schuld war, außer vielleicht er selbst.

Doch all das sagte er nicht, er sagte nur: „Ich weiß, Audrey."

Die beiden verfielen in Schweigen und sahen sich an, bis der Kellner an den Tisch trat und fragte, ob sie noch etwas bestellen wollten. David sah auf die Uhr. Sie waren länger geblieben als beabsichtigt. Deshalb ließ er die Rechnung kommen.

Schweigend fuhren sie kurze Zeit später nach Hause. Jeder hing seinen Gedanken nach. War der Abend ein Erfolg gewesen? Oder hatten sie nur in den Abgrund geblickt, der sie voneinander trennte und der vielleicht unüberwindlich war? Regen setzte ein und wurde rasch heftiger. Die Scheibenwischer hatten alle Mühe, die dicken Tropfen wegzuschaufeln. An verstopften Gullis entstanden rasch kleine Seen, aus denen das Wasser über den Bürgersteig in die Vorgärten spritzte, wenn ein Wagen zu schnell durch sie hindurchfuhr.

Kaum war der Wagen vor ihrem Haus zum Stehen gekommen, da sprang Audrey auch schon hinaus. Wenig später war sie nach drinnen verschwunden. David folgte gleich darauf. Cindy wartete schon.

„Nachdem ich Joseph ins Bett gebracht habe, gab's noch zwei Anrufe", teilte sie mit, während David aus seiner Brieftasche ein paar Dollarnoten nahm. „Einer kam rein, als ich gerade telefonierte, den habe ich gleich entgegengenommen. Der andere ist auf dem Anrufbeantworter. Ich musste telefonieren, verstehen Sie, es war wirklich ein Notfall. Meine Schwester hat sich selbst eine Dauerwelle gemacht, und jetzt sieht sie aus wie der Hund unseres Nachbarn. Sie war ganz –"

„Wer hat angerufen?", fiel ihr David ins Wort, denn wenn Cindy einmal ins Reden gekommen war, wartete man vergeblich auf eine Pause. Audrey stand im Hintergrund und lächelte. Doch im nächsten Moment sollte ihr Lächeln schon wieder verschwinden.

„Irgendjemand aus New York", sagte Cindy. „Es ging um einen Job als Sicherheitsbeamter in einem Museum. Der Mann lässt Ihnen bestellen, Sie hätten den Job." Cindy verzog den Mund. „Wusste gar nicht, dass ihr Leute nach New York zieht. Vielen Dank auch, dass ich das auch mal erfahr."

„Wir ziehen nicht alle um", erklärte Audrey. „Nur David... vielleicht."

Cindy schob sich ihre Brille auf der Nase zurecht und sah zwischen den beiden hin und her. „Verstehe", sagte sie. David hielt ihr das Geld hin. Sie zählte es nach. „Der andere Anrufer hat auf den AB gesprochen", erwähnte sie noch, dann ging sie zur Tür. Als sie den Regen sah, verzog sie den Mund und murmelte: „Na, großartig!" Dann zog sie sich ihre Jeansjacke über den Kopf und verschwand in der Dunkelheit. David machte die Tür hinter ihr zu.

Als sie fort war, standen sich David und Audrey eine Weile schweigend gegenüber. Keiner von ihnen hatte mehr mit einer positiven Antwort aus New York gerechnet. Audrey löste sich als Erste aus der Erstarrung.

„Na ja", sagte sie, nachdem sie sich geräuspert hatte, „wir sollten die Dinge so sehen, wie sie sind. Wir stehen erst am Anfang. Wegen zweier Verabredung verändert man noch nicht sein ganzes Leben. Wir sollten nicht zu viel erwarten." Sie sah David an. Er nickte zustimmend. „Auch wenn du nach New York gehst", fuhr sie fort, „können wir uns weiterhin sehen. Es bedeutet nichts. Außer vielleicht, dass wir gezwungen sind, die Sache ein wenig langsamer anzugehen. Aber wahrscheinlich ist das sowieso besser.“ Sie trat auf David zu. Da es nicht den Anschein machte, als wolle er das Wort ergreifen, meinte Audrey erneut: „Das war unser zweiter Abend, David. Ich meine, was kann man da schon groß erwarten? Wahrscheinlich sollte ich dir einfach zu deiner neuen Stelle gratulieren.“ Sie lächelte verhalten. Dann zog sie ihren Mantel aus, hängte ihn an der Garderobe auf und verschwand in ihrem Schlafzimmer.

David stand noch eine Weile da und sah auf die verschlossene Tür. Ob Audrey wirklich glaubte, was sie gesagt hatte? Was glaubte er? Irgendwie hatte er das Gefühl, dass sie nur eine Chance hatten, wenn er hier blieb.

David wollte ebenfalls schlafen gehen. Doch an der Treppe blieb er stehen. Durch die offene Küchentür sah er ein rotes Blinken. Der Anrufbeantworter. Richtig, Cindy hatte ja von einem zweiten Anruf gesprochen.

Er kehrte um und trat in die Küche. Der Anrufbeantworter stand auf einem Tischchen gleich neben der Tür. Das Licht blinkte fordernd. David drückte auf den Abspielknopf. Elijahs dunkle Stimme erklang: „Ich bin es David – Elijah. Wie konnte ich das nur übersehen? Dabei war es so offensichtlich.“

David schüttelte nur den Kopf und wandte sich ab. Schon der Klang von Elijahs Stimme verriet ihm, dass er sich nicht verändert hatte. Er wollte es offensichtlich nicht begreifen, vermutlich konnte er es auch nicht. Wie auch, hatte er doch sein ganzes Leben auf dieser fixen Idee aufgebaut.

„Die Bezüge sind mannigfaltig“, fuhr Elijahs Stimme unterdessen fort, „diese Besonderheit ist gewissermaßen der Schlüssel zu all diesen Geschichten. Es wiederholt sich zu allen Zeiten, was bedeutet, dass es an einem bestimmten Zeitpunkt in der Geschichte ein allen gemeinsames Wissen gab, das auf ein Ereignis zurückgeht, auf eine historische Tatsache."

David blieb stehen. Worauf wollte Elijah hinaus? Hatte er etwa eine Auflösung des Widerspruchs gefunden? Aufmerksam folgte David den weiteren Worten Elijahs: „Es war diese eine Ausgabe von ‚Century Comics', die mich draufgebracht hat. In dieser Geschichte versucht die ‚Koalition des Bösen' die Schwäche jedes Superhelden herauszufinden. Denn sie haben alle einen Schwachpunkt. – Genau wie Sie."

Ein kalter Schauder lief über Davids Rücken. Er wandte sich um und kam mit langsamen Schritten zurück, während Elijah mit wachsender Begeisterung erklärte:

„Die Zellen, aus denen Ihre Muskeln und Knochen bestehen, verhalten sich Kräften, die auf sie einwirken, gegenüber anders als meine. Ihre Knochen brechen nicht. Meine schon. So viel ist klar. Ihre Zellen reagieren auf Bakterien und Viren anders als meine. Sie werden nicht krank. Ich schon. Auch das ist klar. Aber aus einem unerfindlichen Grund reagieren wir beide im Wasser vollkommen gleich. Wir schlucken zu schnell, deshalb bekommen wir keine Luft mehr. Das Wasser gelangt in unsere Lungen, deshalb gehen wir unter und ertrinken. Wie unglaublich es auch wirken mag, wir beide sind verbunden. Wir befinden uns auf der gleichen Linie, nur an den entgegengesetzten Enden. Das Entscheidende aber ist: Wir wissen jetzt etwas, das wir früher noch nicht wussten. Auch Sie haben einen Schwachpunkt: Wasser.

Es ist Ihr Kryptonit. Verstehen Sie, was ich sage, David? Rufen Sie mich unbedingt zurück."

Ein Klicken in der Leitung. Der Anrufbeantworter piepte und signalisierte damit das Ende der Aufnahme. David starrte die Maschine an. Dann drückte er einen Knopf. „Nachricht gelöscht", teilte der Anrufbeantworter mit.

Benommen ging David den Flur hinab zur Treppen. Mit gemächlichen Schritten stieg er Stufe für Stufe hinauf. Seine Beine waren schwer. Aber sein Kopf war noch schwerer. Elijahs Worte hallten in ihm nach. David hatte sich so sicher gefühlt, die Theorie des Schwarzen ein für alle Mal erledigt zu haben. Und jetzt das.

David trat ins Bad, drehte das kalte Wasser auf und hielt den Kopf darunter. Er fühlte sich danach jedoch kaum klarer. Die widerstreitenden Gedanken in seinem Kopf ließen sich nicht von einer frischen Dusche auseinander treiben. Müde setzte er sich auf den Rand der Badewanne und stützte den Kopf in die Hände. Er fragte sich, warum Elijahs Worte ihn so sehr beunruhigten. Egal, was man vorbrachte, der arme Kerl würde die Tatsachen so lange verdrehen, bis sie in sein Weltbild passten.

Davids Blick fiel auf eine Schachtel mit Heftpflastern, die auf dem Boden lagen. Sie gehörten Audrey. Er hob sie auf, um sie in ihre Hälfte des Spiegelschranks zurückzulegen. Beim Anblick der Pillendöschen, Augentropfen, Entzündungssalben und Hautcremes traf ihn eine Erkenntnis wie ein Stromschlag. Er öffnete seine Hälfte des Schrankes. Darin stand nur eine Dose Rasierschaum, dazu ein Pinsel und ein Nassrasierer. In diesem Moment wurde ihm klar, dass tatsächlich der einzige Schwachpunkt in seinem Leben bisher Wasser gewesen war.

Hatte Elijah also Recht?

David zog sich rasch um und ging auf leisen Sohlen nach unten. Er machte kein Licht in der Diele. Von draußen drang das Trommeln des Regens herein, das unablässig anhielt. Trotz der Dunkelheit fand er sich ohne Umstände zurecht. In der Garderobe hing der dunkelgrüne Regenmantel, den er auch im Stadion trug und auf dessen Rücken in gelben Buchstaben die Aufschrift „Security“ prangte. David legte sich den Mantel um, zog sich die Kapuze über den Kopf und verließ das Haus.

Der Wagen näherte sich langsam dem mit einer dicken Kette und einem Schloss versperrten Tor. Scheinwerfer fingerten durch die regenschwere Dunkelheit. Sie wischten kurz über das Schild, das an den Maschendrahtzaun neben dem Tor angebracht war. „Besitz der Eastrail. Betreten verboten.“ Schließlich kam das Auto zum Stehen, der Motor wurde abgestellt und die Lichter gingen aus.

David stieg aus dem Wagen. Der Regen trommelte auf ihn herab. Die Stiefel standen bis zu den Knöcheln in einer Pfütze. Er trat auf das Tor zu. Es stellte kein wirkliches Hindernis dar. Nachdem er einen kurzen Blick um sich geworfen hatte, kletterte er flink wie ein Katze am Maschendrahtzaun hoch und auf der anderen Seite wieder herunter.

Das Gelände wurde von Laternen erhellt. David nutzte jeden Schatten aus, während er um die Halle herumschlich. Eine reine Vorsichtsmaßnahme, denn eigentlich glaubte er nicht, dass bei diesem Wetter ein Nachtwächter seine Runde machte. Was gab es hier schon zu klauen? Nichts, außer dem Wrack eines Zuges.

Zielsicher fand David die schwächste Tür der Halle. Es kostete ihn kaum Mühe, sie aufzudrücken. Dann trat er in die Halle.

Durch große Fenster in den Toren fiel von draußen das Licht der Laternen herein und schuf ein unheimliches Zwielicht. Hell reflektierendes Metall leuchtete aus dem Abgrund tiefer Schatten heraus. Es dauerte einen Augenblick, bis sich der Wirrwarr aus Kränen, verbogenem Stahl und geborstenem Glas zu einem Bild formte. Hier lagen die Überreste des Zuges Eastrail 177.

Vorsichtig, als wolle er ein schlafendes Ungeheuer nicht wecken, schritt David durch die Wrackteile. Von seinem Poncho tropfte noch immer Regenwasser herab. Er sah die zerfetzten Polsterungen der Sessel, die grotesk verbogenen Bleche. Dazwischen dunkle Schattierungen: Blutflecken.

Trotz der Deformierungen erkannte David die Stelle wieder, an der er gesessen hatte. Die Sitze waren hier zusammengeschoben und verdreht. Ein Zucken durchfuhr ihn. Einen Moment lang sah er das Mädchen vor sich, das ihn eine Weile vorher angestarrt hatte. Er sah ihren zerschmetterten Kopf und den grotesk verbogenen Arm. Und dann noch eine Vision: Kelly, die Sportagentin. Sie hatte sich ein paar Sitze von ihm entfernt hingesetzt. Jetzt sah er sie eingeklemmt zwischen verbogenen Blechen, das Gesicht zerschnitten von geborstenem Glas. David legte die Hände vors Gesicht. Die Brust wurde ihm eng. Am liebsten wäre er in Tränen ausgebrochen.

Aber dann verschwammen die Bilder zu einem Nebel. Das gleichförmige Prasseln des Regens wurde leiser und leiser, bis David es gar nicht mehr wahrnahm.

Aus dem Nebel tauchte eine Straße auf. Es war eine Novembernacht. David erkannte die Straße wieder. Und ebenso den Honda, der in Anbetracht der glatten Straße mit viel zu hoher Geschwindigkeit herankam. In einer Kurve geriet er ins Schleudern, überschlug sich mehrmals und blieb zuletzt auf dem Dach liegen.

Ein junger Mann kroch aus dem Innern des Wagens. David erkannte sich selbst, im Alter von zwanzig Jahren. Er blickte an sich herab. Seine Jacke war zerrissen, ebenso die Jeans. Aber ihm selbst fehlte nichts, nicht einmal ein Kratzer.

Er wandte sich nach dem Wagen um. Mit Schrecken sah er das Feuer, das aus dem Wrack herauszüngelte. „Audrey!“, stieß er aus. Im gleichen Moment stürzte er zur Beifahrerseite. Der Anblick raubte ihm den Atem. Audrey lag eingeklemmt im Wagen. Sie war bewusstlos, wies eine Vielzahl von Platz- und Schnittwunden auf, aber sie lebte. Doch wie sollte er sie herausbekommen? Der Türrahmen war hoffnungslos eingedrückt. Die Feuerwehr würde Audrey mit Spezialgerät herausschneiden müssen. Aber bis die Feuerwehr hier sein würde, war es bestimmt zu spät. Schon jetzt wuchs das Feuer rasch, und wenn es einmal den Tank erreicht hatte, würde der Wagen möglicherweise explodieren. Es musste etwas geschehen – *jetzt!*

Verzweifelt packte David die Tür und zerrte daran. Er wusste um die Aussichtslosigkeit seines Tuns, aber er konnte doch nicht tatenlos zusehen, wie die Frau, die er liebte, verbrannte. Seine Fäuste ballten sich um das Metall, er zerrte und zog daran. Plötzlich vernahm er ein Knirschen, von dem er zuerst selbst nicht wusste, woher es kam. Bis er bemerkte, dass er mit eigener Kraft die hoffnungslos verkeilte Tür aufzog. Es war ihm unbegreiflich, wie das geschehen konnte. Schließlich hatte er sie so weit auseinander gezogen, dass Audrey hindurchpasste. Er zog sie aus dem Wagen und trug sie ein Stück vom Unfallort weg. Dort legte er sie auf die Erde und kniete sich neben sie.

Da bemerkte er das Herannahen zweier Lichtkegel. David blickte sich um. Ein Kastenwagen kam die Straße herab. Als er den Feuerschein des brennenden Wagens bemerkte, bremste er ab. David richtete sich auf und winkte mit beiden Armen. Der Fahrer des Wagens bemerkte ihn, hielt an und stieg aus.

Unterdessen wandte David sich wieder Audrey zu. Sie war wach und sah ihn aus großen Augen an. „Ich dachte schon, ich müsste sterben", sagte sie. Offenbar konnte sie die glückliche Rettung auch jetzt noch nicht fassen.

„Mir ging es genauso", erwiderte David. Zärtlich strich er ihr das Haar aus der Stirn.

„Du hast mir das Leben gerettet, David."

Er sah sie lange an.

Jetzt, zwanzig Jahre danach, wurde ihm bewusst, dass das der wahrhaftigste Moment in seinem Leben gewesen war.

„He, Mann, ist sie okay?", hatte dann der Fahrer des Kastenwagens, ein Mann in einem roten Flanellhemd, gefragt und David auf die Schulter getippt.

David sah ihn an. „Ich vermute, ihr Bein ist gebrochen", teilte er mit.

„Und was ist mit Ihnen? Fehlt Ihnen auch was?"

David antwortete nicht. Er sah zuerst den Fahrer an, dann verlor sich sein Blick in der Dunkelheit.

Das war das erste Mal gewesen, dass diese Frage in David eine Verunsicherung ausgelöst hatte. Vor zwanzig Jahren. Ihm hatte nichts gefehlt, keine Prellung, keine Platzwunde, kein Kratzer. David wurde jetzt klar, dass diese Merkwürdigkeiten sein ganzes Leben begleitet hatten. Er hatte sie nur nicht wahrgenommen, hatte sie nicht sehen wollen. Weil er nicht gewusst hatte, was er damit anfangen sollte. Da begriff David, dass Elijah Recht hatte. Sie waren wirklich Brüder, denn sie hatten beide darunter gelitten, ihren Platz, ihre Bestimmung in dieser Welt nicht zu finden.

David blickte auf. Er hörte wieder den Regen, der auf das Dach der Halle trommelte, sah das Wrack des Zuges. Trotzdem war alles anders. Dieser Moment der Selbsterkenntnis schnitt sein Leben entzwei, er war ein Wendepunkt, von dem aus nichts mehr so sein konnte wie es war.

Nach dem Besuch des Comicladens und der Erkenntnis, die dort über ihn gekommmen war, war Elijah in seine Galerie zurückgekehrt. Von dort aus hatte er David angerufen. Und jetzt erwartete er hier auch den Rückruf, denn David hatte nur die Nummer von Limited Edition.

Elijah saß im Dunkeln am Fenster und starrte in den Regen. Er hoffte inständig, David möge endlich begreifen. Welche Beweise brauchte er noch?

Da klingelte das Telefon. Elijah schreckte hoch. Sein Herz schlug plötzlich heftig. Aufgeregt wendete er den Rollstuhl und fuhr an Regalen voller Comics entlang in sein Büro. Dort angekommen, nahm er den Hörer ab. „Hallo?"

„Ich hab in jener Nacht gelogen", kam es aus dem Hörer.

Elijah erkannte Davids Stimme sofort. Trotzdem fragte er: „Sind Sie das, David?"

„Ich war in meinem ganzen Leben weder krank noch verletzt", sagte David.

Einen langen Moment herrschte vollkommene Stille. Nur das Prasseln des Regens. Elijah wagte nicht einmal zu atmen.

„Was soll ich tun?", fragte David da.

Elijah atmete laut hörbar aus. Es konnte also beginnen. Nichts von dem, was er erduldet, was er getan hatte, war umsonst gewesen. Mit diesem Tag war es gerechtfertigt.

12

„Gehen Sie dahin, wo Menschen sind", hatte Elijah gesagt. „Sie werden an einem solchen Ort nicht lange warten müssen..."

In seinen dunkelgrünen Regenmantel gehüllt und mit über den Kopf gezogener Kapuze trat David in die Bahnhofshalle. Trotz der nächtlichen Stunde herrschte hier noch reger Betrieb, denn immer wieder kamen Nachtzüge an oder fuhren ab. Die gewaltige Halle, die die Größe eines Football-Feldes hatte, wirkte mit ihren Säulen, der Deckenmalerei und der großen Marmortreppe wie ein Tempel. In der Mitte stand eine Informationstafel, um die sich die meisten Menschen scharten.

David stand oben auf der Treppe, die in die Halle führte, und sah auf das Kommen und Gehen der Reisenden herab. Seine Nerven waren zum Zerreißen gespannt. Was würde jetzt passieren? „Es ist in Ordnung, wenn Sie Angst haben", hatte Elijah ihn getröstet. „Jetzt beginnt der Teil, der mit einem Comicheft nichts mehr zu tun hat. Das wirkliche Leben passt eben nicht in kleine Kästchen mit Sprechblasen."

Langsam setzte David sich in Bewegung. Stufe für Stufe stieg er herab zu den Menschen, und je näher er ihnen kam, desto mehr Angst hatte er. Am Fuß der Treppe angekommen zögerte er einen Moment. Die Reisenden aus zwei eben eingefahrenen Zügen strömten gerade in die Halle. David atmete tief durch und ging ihnen entgegen.

Er sah eine elegante blonde Dame auf hochhackigen Schuhen auf sich zukommen. Sie trug einen dunkelgrauen Regenmantel, darunter ein rotes Kostüm. Er berührte sie nur kurz und kaum spürbar. Doch die Berührung wirkte elektrisierend und versetzte ihn schlagartig in einen tranceartigen Zustand, in dem er eine völlig veränderte Szenerie vor sich sah.

Die elegante Dame saß in einem der ersten Juwelierläden New Yorks und ließ sich von einer Verkäuferin mit Brillianten besetzte Ringe und Ketten zeigen. Gerade probierte sie ein Armband an. Da zeigte sie auf einen Ring, der sich in einem Glasschrank befand. Während die Verkäuferin sich umwandte, um es zu holen, ließ die Frau das Armband in ihre Handtasche gleiten. David spürte die Gier in ihrem Herzen.

David kehrte zurück ins Wachbewusstsein. Seine geistige Abwesenheit hatte nicht länger gedauert als die Berührung. Ohne stehen zu bleiben, drehte David sich nach der Frau um. Er sah ihr nach, bis sie durch die Schwingtür verschwunden war. Das Unrecht, das sie begangen hatte, war nicht von der Sorte, um die er sich kümmern sollte.

David hielt auf die Informationstafel zu. Hier herrschte das dichteste Gedränge. Reisende informierten sich über Gleisnummer und Abfahrtszeit ihres Zuges; Menschen warteten auf Familienangehörige oder Freunde, mit denen sie diesen Platz als Treffpunkt vereinbart hatten. Das Gewühl war hier so dicht wie in einem Ameisenhaufen.

Lange Zeit geschah nichts. Bis ein junger Mann mit gegelten Haaren und in einem ungebügelten Hemd auf David zukam. Er hielt eine Papiertüte in der Hand, in der er eine Flasche Bier versteckte. Als David ihn berührte, durchzuckte ihn eine Vision.

David sah den gleichen Mann auf dem Beifahrersitz eines alten, zerbeulten Cadillac, in dem er zusammen mit einem Freund die Stadt unsicher machte. Die beiden waren angetrunken, durch das heruntergekurbelte Fenster hämmerte laute Musik. Doch ihre Fröhlichkeit war nur eine Fassade, hinter der sich abgrundtiefer Hass verbarg.

Der Wagen kam um eine Ecke gebogen. In der fast menschenleeren Straße waren lediglich ein paar schwarze Mädchen unterwegs, auf dem Weg nach Hause. Der Gegelte wies den Fahrer auf sie hin. Gegröle erklang, das die Musik fast übertönte. Der Fahrer trat aufs Gas. Bei den Mädchen angekommen, rumpelte der Wagen über die Bordsteinkante, der Gegelte hängte sich aus dem Fenster und zog einem der Mädchen ein Flasche über den Kopf. „Haut ab!", brüllte er dabei. „Geht zurück nach Afrika!" Das Mädchen brach mit einem Aufschrei zusammen und blieb liegen. Johlend brausten die beiden Männer davon.

David betrachtete den Mann sekundenlang mit einem bohrenden Blick. Dieser war inzwischen bei einem Abfalleimer stehen geblieben. Er hatte bemerkt, dass David ihn ansah. Zunächst erwiderte er den Blick auf eine provozierende Art, dann aber schien er zunehmend unsicherer zu werden, wandte sich um und ging weiter.

Ein Jugendlicher streifte an David vorüber. Unversehens ging ein neuerlicher Ruck durch seinen Körper, im nächsten Moment war er an einem anderen Ort.

Ein Schlafzimmer. Von draußen drangen Musik, Stimmengewirr und Gelächter herein. Eine Party. Der junge Mann, der höchstens achtzehn Jahre alt war, stand unschlüssig im Raum. Scheu blickte er auf das Bett, wo sich ein Mädchen in bleiernem Halbschlaf immer wieder seufzend hin und her wälzte.

Der Junge setzte sich an die Bettkante. „Hast du zu viel getrunken?", fragte er. „Wie heißt du eigentlich?" Nur ein Stöhnen. Sie winkelte ein Bein an. Dabei rutschte ihr kurzer Rock noch ein Stückchen höher, darunter wurde ihr fliederfarbener Slip sichtbar. David konnte die aufflammende Lüsternheit in dem Jungen spüren.

Er stand auf, ging zur Tür und drehte den Schlüssel um. Dann setzte er sich wieder ans Bett. Seine zitternde Hand berührte den Oberschenkel des Mädchens. Sie schlug nur kurz die Augen auf, schien aber nicht zu begreifen, was passierte.

David hatte genug gesehen und kehrte in den Wachzustand zurück. Ein suchender Blick fand den Teenager kaum zehn Schritt von ihm entfernt. Er sah aus, als könne er kein Wässerchen trüben. Über seiner Schulter hing eine Reisetasche. Gerade schritt er auf seine Eltern zu, ein harmloses Pärchen, das sich bestimmt mit Schaudern abgewandt hätte, wenn es um die Verfehlung seines Sohnes gewusst hätte.

David ballte die Fäuste, verbarg sie in den Ärmeln seines Mantels und vermied vorerst jede weitere Berührung. Sein Herz war voller Abscheu. Etwas in ihm wehrte sich, all das zu sehen. Die Welt war erfüllt vom Bösen. Was sollte einer allein dagegen machen?

Bedrückt senkte David den Kopf. Das dumpfe Gemurmel der Menschen stieg zur Decke, hallte dort wieder und mischte sich mit dem Geräusch der Schritte auf dem Marmorboden zu einem akustischen Brei. David spürte einen unwiderstehlichen Drang wegzulaufen. Taumelnd schob er sich durch die Menge, auf eine Ecke der Halle zu, in der kein solches Gedränge herrschte. Dabei stieß er mit einem Mann zusammen. Ein Zucken von solcher Gewalt ging dabei durch Davids Körper als habe ihm jemand einen Faustschlag in die Magengrube verpasst.

Im nächsten Moment sah er ein Häuschen in einem Vorort von Philadelphia vor sich. Ein Mann von beträchtlichen Körpermaßen stand an der Tür und verwickelte den Hausherren, einen bieder wirkenden Familienvater, in ein Gespräch.

„Kann ich reinkommen?“, fragte der Fremde.

„Wer sind Sie?“, wollte der Familienvater wissen.

Ein höhnisches Lächeln umspielte die Mundwinkel des Fremden. „Ihr Haus gefällt mir“, sagte er. „Darf ich reinkommen?“

„Was soll das denn?“, fuhr der andere wütend auf. Er bekam plötzlich Angst. „Nein„, schrie er den Fremden an, „Sie können nicht hereinkommen.“

Der Fremde fixierte ihn. Das höhnische Lächeln war aus seinem Gesicht verschwunden. Es war jetzt nur noch eine steinerne Maske, hinter der der Wahnsinn lauerte. „Sind Sie sicher?“, fragte er den Mann.

Dieser wollte dem Fremden die Tür vor der Nase zuschlagen. Doch der hatte schon seinen Fuß hineingesetzt. So viel Unverfrorenheit machte den Mann wütend. „Was machen Sie da?“, brüllte er den Fremden an. „Verschwinden Sie!“ Er wollte ihn hinausschieben, doch der Fremde stand so unbeweglich da wie ein Felsblock.

„Sie haben wirklich ein sehr schönes Haus„, wiederholte er nur wieder und schob den Mann zurück in den

Flur. Es schien ihn nicht die geringste Mühe zu kosten. Der Kampf war rasch entschieden, der Fremde stand im Flur und sah den Mann mit einem vernichtenden Blick an.

David stand wie erstarrt da. Sein Blick war noch immer auf den Boden geheftet. Keine andere Vision bisher war mit solcher Heftigkeit über ihn gekommen. Er spürte, dass das etwas zu bedeuten hatte.

Langsam sah er auf. Er wandte sich um, denn er spürte deutlich, dass der Mann noch hinter ihm stand. Dann erblickte er ihn. Erschrocken zuckte er zusammen. Das war wirklich ein Schrank von einem Kerl, fast einen Kopf größer als David und mit einem massiven Körperbau. Er trug einen orangen Overall und war gerade dabei, einen Abfalleimer zu entleeren. Schwungvoll landete der volle Müllbeute in einem grauen Wagen, mit wenigen, geübten Bewegungen war ein leerer Beutel im Eimer plaziert. Dann schob der Mann sein Gefährt auf den nächsten Abfalleimer zu.

Trotz des Zusammenstoßes schien der Mann David nicht zur Kenntnis genommen zu haben. Er wirkte, als nehme er überhaupt nichts in seiner Umgebung wahr. Sein Blick schien irgendwie verschleiert, seine Bewegungen liefen alle mechanisch ab. David zog sich in eine Ecke der Bahnhofshalle zurück und beobachtete den Mann weiter. Nachdem er alle Abfalleimer geleert hatte, verschwand er mit seinem Wagen durch eine Schwingtür, auf der „Nur für Bahnhofsangestellte“ stand.

Den Blick fest auf diese Tür geheftet, wartete David. Er wusste, dass er seine Aufgabe gefunden hatte. Und auch, dass sie nicht leicht sein würde. Trotzdem spürte er keine Angst mehr. Er würde tun, was er tun musste.

Minuten vergingen. Irgendwann musste der Kerl ja wieder herauskommen. Als er nach zehn Minuten noch immer nicht wieder aufgetaucht war, wollte David schon nach ihm sehen. Doch genau in diesem Moment wurde die Schwingtür aufgestoßen und der Mann in dem orangen Overall kam heraus. Er trug jetzt eine Baseballmütze auf dem Kopf und hatte eine Sporttasche über die Schulter gehängt. Offenbar war sein Dienst zu Ende, denn er ging mit großen Schritten auf den Ausgang des Bahnhofs zu. David gab ihm einen Vorsprung von zwanzig Metern, ehe er ihm folgte.

Es goss noch immer wie aus Kübeln. Durch den strömenden Regen verwischte der Mann vor David zu einem orangefarbenen Fleck. Der andere hatte seinen Verfolger noch nicht bemerkt. Wie ein Roboter schritt er voran, er schien den Regen gar nicht wahrzunehmen, zog höchstens die Schultern ein wenig ein. Außer den beiden war um diese Zeit niemand mehr unterwegs.

Schon bald ließen sie die Bahnhofsgegend hinter sich und kamen in ein Wohnviertel. Zuerst waren es mehrstöckige Mietshäuser. Dann wurde die Gegend vornehmer. Kleine Einfamilienhäuser mit Vorgarten und Garagen säumten jetzt die Straße.

David spürte, dass der Mann seinem Ziel näherkam, denn dessen Schritte verlangsamten sich. Sicherheitshalber ließ er sich ein wenig weiter zurückfallen. Genau rechtzeitig, denn zum ersten Mal sah der Muskelprotz sich um. Als er niemanden hinter sich bemerkte, ging er quer durch den Vorgarten eines Hauses auf dessen Eingang zu. Dort entleerte er den Briefkasten, schloss die Haustür auf und ging nach drinnen. David stand da und betrachtete das Haus. Irgendetwas sagte ihm, dass der Mann im Overall hier nicht wohnte. Schließlich trat er näher. Er ging jedoch nicht auf die Haustür zu, sondern zu einer Seitentür. Vorsichtig drehte er den Türknopf. Seine Intuition hatte ihn richtig geführt. Die Tür war offen.

Lautlos trat David ein. Von seinem Mantel tropfte das Regenwasser herab und bildete auf dem Boden eine Pfütze. Er befand sich in einer Waschküche. Überall lag schmutzige Wäsche herum, ganz so als habe hier jemand herumgewühlt. Durch eine Milchglasscheibe über der Tür fiel gedämpftes Licht aus dem Flur herein.

Vorsichtig öffnete David auch diese Tür. Stimmen drangen durchs Haus. Sie kamen unverkennbar aus einem Fernseher. Er ging den Flur entlang, blieb schließlich stehen. Vor der Haustür lagen achtlos hingeworfene Briefe. Die Post von drei Tagen, schätzte David.

Die Küchentür stand offen. David warf einen Blick hinein. Ein ekelerregender Anblick bot sich ihm. Überall stand schmutziges Geschirr mit eingetrockneten Essensresten herum. In einem Teller war noch Rührei, mindestens schon einen Tag alt, über dem ein Schwarm Fliegen kreiste, eine Schale war gefüllt mit sauer gewordener Milch und darin aufgelösten Cornflakes.

Ein strenger Geruch stach David die ganze Zeit schon in die Nase. Die Kellertür war nur angelehnt. David schob sie vorsichtig auf. Ein Lichtkegel fiel aus dem Flur auf die Kellertreppe. Der Anblick, der sich David bot, ließ ihm den Atem stocken. Auf den Stufen lag ein Mann – der Besitzer des Hauses, den er in der Vision gesehen hatte. Er war tot. Ob der Fremde ihn erwürgt oder ob er sich beim Sturz das Genick gebrochen hatte, ließ sich nicht sagen. Nur so viel war sicher: der Eindringling hatte ihn auf dem Gewissen. Wo aber war der Rest der Familie?

Vorsichtig ging David auf die Wohnzimmertür zu. All seine Sinne waren hellwach und von einer Schärfe, wie er es bisher noch nicht erlebt hatte. Wo der Mörder sich wohl versteckte? Ob er den ungebetenen Besuch schon bemerkt hatte?

Auf alles vorbereitet, trat David ein. Mit einem schnellen Blick erfasste er das Zimmer. Chips und Erdnüsse lagen über den Boden und die Couch verstreut. Auf dem Couchtisch hatte der Mann aus Bier- und Coladosen eine Pyramide gebaut. Offenbar hatte er auch eine Menge Bier verschüttet, den der Alkoholgeruch war unverkennbar. Der Fremde selbst aber war nicht da.

In diesem Moment vernahm David oben Schritte. Da steckte der Kerl also. Beinahe lautlos verließ er das Wohnzimmer und trat zur Treppe. So vorsichtig wie möglich erklomm er eine Stufe nach der anderen. Zum Glück verschluckten die Geräusche aus dem Fernseher das Knarren des Holzes.

Oben angekommen warf David einen kurzen Blick durch die Diele, von der drei Türen wegführten. Hinter welcher von ihnen steckte der Eindringling? Wo befanden sich seine anderen Opfer? Lebten sie noch? David spürte, dass er sie nicht getötet hatte. Dieser Mensch war etwas noch viel Abscheulicheres als nur ein Mörder. Er liebte es, seine Opfer zu quälen. Seine bösartige Abartigkeit lag in der Luft wie ein beißender Geruch.

David trat auf die nächstgelegene Tür zu und öffnete sie. Sein Herz schlug aufgeregt. Jeder seiner Muskeln war angespannt und bereit in Aktion zu treten. Doch auch dieses Zimmer stand leer. Trotz des Halbdunkels, das im

Raum herrschte, erkannte er, dass es sich um das Schlafzimmer eines Teenagers handelte. Stofftiere und Kleider lagen auf dem Boden umher, die Wände waren mit Poster von Popstars gepflastert. Auf dem Bettlaken bemerkte David einen eingetrockneten Blutfleck.

Er wollte schon wieder gehen, als er ein Geräusch vernahm. Etwas wie ein Seufzen. Es kam aus dem zum Zimmer gehörigen Bad. Mit großen Schritten durchquerte David den Raum und zog die Tür zum Bad auf. In der kleinen, fensterlosen Kammer brannte Licht. Mit Kabeln an Heizung und Wasserleitung gefesselt lagen ein Mädchen und ein Junge, beide im Teenageralter, auf dem Boden. Sie waren nur mit Unterwäsche bekleidet und wiesen Platzwunden und blaue Flecken im Gesicht und an den Armen auf – ein deutliches Zeichen, dass sie misshandelt worden waren. Zunächst hatten sie David aus angsterfüllten Blicken angesehen. Vermutlich hatten sie gefürchtet, ihr Peiniger sei zurückgekommen, um sie erneut zu quälen. Dann entspannte sich der Ausdruck auf ihren Gesichtern. Sie waren jedoch zu schwach, um Freude zu zeigen.

Aufgeregt fiel David auf die Knie. Seine zittrigen Finger lösten zuerst die Fesseln des Mädchens, dann die des Jungen. Kraftlos sackten die beiden in sich zusammen. David erhob sich wieder.

„Wo ist eure Mutter?“, fragte er die beiden Teenager mit gedämpfter Stimme.

Sie sahen ihn ausdruckslos an. Ihre Augen ähnelten zerbrochenen Spiegeln. „Im Schlafzimmer“, hauchte das Mädchen.

„Geht nach unten“, flüsterte David. „Bringt euch in Sicherheit. Es wird hier einen Kampf geben.“

Die beiden rappelten sich mühevoll auf. Beim Verlassen des Zimmers hielten sie sich dicht hinter David. Stumm zeigten sie auf die Tür des elterlichen Schlafzimmers, in dem die Mutter gefangen gehalten wurde. David wartete oben auf der Treppe, bis sie sicher unten angekommen waren.

Langsam drehte David den Türknopf. All seine Sinne waren aufs Äußerste angespannt. Doch außer den Stimmen aus dem Fernseher und dem Prasseln des Regens war nichts zu hören. Er schob die Tür auf, wartete einen Augenblick und trat dann ein.

Im Zimmer herrschte die gleiche Verwüstung wie in allen anderen Räumen, in denen David sich bis jetzt umgesehen hatte. Kleidungsstücke lagen über den Boden und auf dem Bett verteilt. Schubläden waren herausgerissen. Die Balkontür stand offen, der zugezogene Vorhang flatterte im Wind. Auf dem Teppich saß eine Frau, deren Hände mit einem Draht gefesselt und an einem Heizkörper festgebunden worden waren. Leblos hing sie da, nur noch ein geschundener Körper mit aufgeschürften Knien und Ellbogen, Schnittwunden und blauen Flecken überall. Einen Moment dachte David, sie sei tot. Aber dann blickte sie auf und sah ihn aus ihren blutunterlaufenen Augen an.

David trat auf sie zu, um sie aus ihrem Martyrium zu befreien. Plötzlich vernahm er ein Geräusch. Es kam von draußen, vom Balkon. Die Frau wollte etwas sagen, aber David signalisierte ihr, dass er es schon bemerkt hatte und bat sie mit einer Geste zu schweigen. Langsam, den Atem anhaltend, trat er zur Balkontür. Dort angekommen schob er den Vorhang beiseite. Nichts. Nur eine der beiden Balkontüren stand offen. David trat hinaus. Vom

Mörder war nichts zu sehen. Langsam ließ David die angestaute Luft aus seinen Lungen entweichen. Er schaut hinab in den Garten, wo sich ein mit einer schwarzen Plane bedeckter Swimmingpool auftat.

Als David sich schon wieder umdrehen wollte, bemerkte er im Augenwinkel einen orangefarbenen Fleck. Sein Herz setzte aus. Er fuhr herum. Mit voller Wucht stürmte der Mörder auf ihn los und rammte ihm schnaubend die Schulter in die Seite. David blieb einen Moment die Luft weg. Er taumelte. Sein Feind ergriff die Gelegenheit und stieß seinen massigen Körper erneut wie einen Rammbock gegen David. Dieser verlor das Gleichgewicht, erfasste aber noch mit einer Hand die Brüstung. Doch es war zu spät. Der Mörder packte mit einer Hand sein Bein, drückte ihm die andere gegen die Brust und warf ihn hinab.

David stürzte in die Tiefe. Sein dunkelgrüner Mantel flatterte neben ihm her. Schließlich schlug er auf der schwarzen Abdeckung des Schwimmbeckens auf. Das Wasser hatte den Aufprall zwar aufgefangen, aber David fühlte sich zunächst dennoch benommen. Die Mulde, die sein Körper in die schwarze Plane drückte, füllte sich rasch mit Regenwasser.

Nachdem er wieder einigermaßen klar im Kopf war, robbte David langsam auf den Beckenrand zu. Ein Blick nach oben zeigte ihm, dass sein Feind noch immer dastand und beobachtete, was vor sich ging. Da vernahm David ein eigenartiges Geräusch. Wie ein leises Schaben hörte es sich an. Zuerst konnte er sich nicht erklären, was es war und wo es herkam. Aber als er merkte, dass er immer tiefer einsank, wurde ihm schlagartig klar, was es zu bedeuten hatte. Durch sein Körpergewicht und seine heftigen Bewegungen wurde die schwarze Plane unter den Sandsäcken, mit denen sie am Beckenrand beschwert worden war, herausgezogen. Er war dabei, mit ihr im Pool zu versinken.

David erstarrte. Tatenlos musste er mitansehen, wie die letzten Enden der Plane unter den Sandsäcken herausgezogen wurden. Ehe er etwas dagegen unternehmen konnte, versank er zusammen mit der Plane im Wasser.

In panischer Angst spürte David, wie das kalte Wasser über ihm zusammenschlug. Je mehr er strampelte, desto mehr verhedderten sich seine Arme und Beine in der Plane. Wie in einem Albtraum sah er Elijahs Gesicht vor sich, hörte seine Worte: „Dein Schwachpunkt ist Wasser.“ David kämpfte, aber das schwarze Ungetüm wollte ihn nicht loslassen, es zog ihn mit aller Kraft auf den Grund des Beckens.

Nur aus dem Augenwinkel nahm er wahr, wie etwas Blitzendes ins Wasser fuhr. Reflexartig griff seine Hand danach. Und bekam eine Stange aus Metall zu fassen. David packte zu und hangelte sich daran heraus, während er das Gefühl hatte, jemand ziehe ihn gleichzeitig mit der Stange nach oben. Als er endlich aus dem Wasser auftauchte, schnappte er erst einmal nach Luft. Erschöpft streckte er sich nach dem Beckenrand und klammerte sich daran fest. Er befreite sich aus der Plane, ehe er sich mit letzter Kraft aus dem Wasser zog.

Völlig erledigt sank David neben dem Pool nieder. Der Regen tropfte in sein Gesicht. Um ein Haar wäre er gestorben. Wie aber war er herausgekommen? David blickte auf. Er sah die Aluminiumstange, an deren unterem Ende sich eine Bürste befand, mit der der Pool gereinigt wurde. Das andere Ende hielten die beiden

Kinder, die er aus der Gefangenschaft befreit hatte, in der Hand. Sie standen regungslos da, sagten nichts, sondern sahen ihn nur an. David durfte keine Zeit mehr verlieren. Der wahnsinnige Mörder ging vermutlich gerade wieder daran, sich an der Mutter der beiden Kinder zu vergreifen. Deshalb stand David auf und trat ins Haus. Da er bis auf die Haut durchnässt war, hinterließ er mit jedem Schritt eine Pfütze im Flur.

Die Tür zum Elternschlafzimmer stand noch immer offen. Mit einer Bierflasche in der Hand stand der Peiniger vor der Frau. Sie saß wie vorher am Boden, ihr Kopf hing leblos herab. Der Mann nahm einen Schluck Bier, behielt ihn im Mund und grinste die Frau an. Dann spuckte er das Bier über ihren Kopf. Sie rührte sich nicht. Ein lautes, kehliges Lachen des Mannes war alles, was folgte.

Unhörbar trat David durch die Tür. Der Mann im Overall kehrte ihm den Rücken zu. Er war so sehr mit seinem Opfer beschäftigt, dass er sonst nichts wahrnahm. Noch nicht einmal als David bereits dicht hinter ihm stand, bemerkte er ihn. Er setzte die Bierflasche an seinen Mund und nahm neuerlich einen kräftigen Schluck daraus. Das war der richtige Moment, um zu handeln.

Mit einer raschen Bewegung packte David den Mann, legte ihm seinen Arm um den Hals und drückte zu. Diesmal spuckte er sein Bier unfreiwillig aus, begleitet von einem Grunzlaut. Ruckartig zog David ihn nach hinten. In hohem Bogen flog die Bierflasche gegen die Wand und zerschellte, während der Mann versuchte, sich aus dem eisernen Griff zu befreien. Es gelang ihm nicht.

Der Verbrecher änderte mit einem Mal seine Taktik und stieß sich kraftvoll nach hinten ab. David verlor das

Gleichgewicht, sodass sie beide zu Boden stürzten. Doch Davids Klammergriff löste sich dadurch kein bisschen. Der Mann im Overall stieß mit Ellbogen und Füßen nach David, aber es gelang ihm nicht, ihn abzuschütteln.

Als seine Kraft nachzulassen schien, kam David wieder auf die Beine. Er zog seinen Gegner ebenfalls hoch. Kaum stand dieser wieder auf seinen Füßen, da versuchte er erneut, David abzuschütteln. Diesmal rammte er ihn mit voller Wucht gegen die Wand. Ein Knirschen und Krachen begleitete den Aufprall. Aber nicht etwa Davids Knochen krachten, sondern die Wand gab nach. David war nur einen Moment die Luft weggeblieben. Sein Körper schien härter noch als Stahl zu sein.

„Hör damit auf!“, schrie David dem Mann ins Ohr. „Sonst lässt du mir keine andere Wahl als dich zu töten.“

Vielleicht gab es für den Mann keine andere Wahl. Einer von ihnen beiden musste in dieser Nacht sterben. Jedenfalls zeigte er keinerlei Anzeichen, dass er aufzugeben gedachte. Im Gegenteil. Seine Wut steigerte sich noch, immer wieder versuchte er David gegen die Wand zu schmettern. Das Ergebnis war immer das Gleiche.

Als Davids Griff für kaum mehr als eine Sekunde etwas nachließ und der Mann dadurch ein wenig mehr Bewegungsfreiheit erhielt, nutzte er diese dazu, seinem Gegner im dunkelgrünen Regenmantel einen Ellbogenschlag in die Seite zu verpassen. Und dann sofort in die andere Seite. Wie wild hieb der Muskelprotz auf David ein. Jeder Schlag erzeugte einen dumpfen Laut und ließ David kurz aufstöhnen. Dennoch gelang es dem Kerl nicht, sich aus der Umklammerung zu befreien. Seine Aktionen wurden zunehmend verzweifelter und verloren an Kraft.

Schließlich fiel er auf die Knie nieder. Aber er wollte noch immer nicht aufgeben. David lag nichts daran, ihn zu töten. Doch wie es schien, sah sein Gegner für sich nur zwei Möglichkeiten: Entweder aus diesem Kampf als Sieger hervorzugehen oder bis zum Tode zu kämpfen. Da stieß David einen lauten Schrei aus und drückte mit aller Kraft zu. Sein Gegner röchelte, seine Bewegungen wurden langsamer, schließlich erstarben sie. Als David die Umklammerung löste, schlug der Mann wie ein Sack Steine auf den Boden. Er war tot.

Davids Atem ging schwer. Er sah auf den toten Körper herab. Ohne Mitgefühl. Ohne Bedauern. Der Mann hatte es so gewollt.

David wandte sich der Frau zu. Leblos hing sie die ganze Zeit schon da. Nicht einmal angesichts ihrer Rettung regte sie sich. „Es ist vorbei", keuchte David, während er versuchte, ihre Fesseln zu lösen. „Ihre Kinder sind ebenfalls gerettet. Sie sind bestimmt gerade dabei, Hilfe zu holen. Es wird alles wieder gut."

Der Mann im Overall hatte mit ihren Fesseln ganze Arbeit geleistet. Sie waren nicht wieder aufzukriegen, und je mehr David daran zog und zerrte, desto tiefer schnitten sie der Frau ins Fleisch. Erst jetzt sah sich David die Frau genauer an. Wieso nur bewegte sie sich nicht? Er legte seine Hand an ihren Mund und stellte fest, dass sie nicht mehr atmete. Eine Gänsehaut lief über seinen Rücken. Offenbar hatte der Mann sie getötet, nachdem er ihn vom Balkon gestoßen hatte.

David stand auf. Zum ersten Mal zog er sich die Kapuze vom Kopf. Er ertrug den Anblick der gefesselten toten Frau nicht mehr. Wütend packte er den Heizkörper und zerrte daran. Immer verzweifelter. Da erklang ein metallisches Krachen. Halterungen brachen, Eisenrohre barsten. Dampf stieg daraus hervor und kroch die Wand hinauf. David warf den Heizkörper zur Seite. Die Hände der Frau kamen dadurch frei, sie rutschte an der Wand entlang zu Boden und blieb liegen.

David holte eine Decke, die er über ihr ausbreitete, und setzte sich neben sie. Müde lehnte er sich gegen die Wand. Von draußen drang das Prasseln des Regens herein. Verzeih mir, dass ich dich nicht retten konnte, dachte er mit schwerem Herzen.

Als David das Haus verließ, regnete es immer noch. Die Kapuze wieder tief ins Gesicht gezogen, lief er die Straße hinab. Polizeiautos und Ambulanzwagen kamen ihm mit Blaulicht und Sirenengeheul entgegen.

Schließlich kam David zu Hause an. Er wollte seinen Regenmantel schon an der Garderobe ausziehen, als er nochmal innehielt, denn sein Blick fiel in den Spiegel. Der Anflug eines Lächelns trat auf seine Lippen. Glich er in dieser Aufmachung nicht tatsächlich einem dieser Helden, wie man sie in Comics fand? Er zog den Mantel aus und hängte ihn an den Haken.

Nachdenklich stieg David die Treppe hoch. Irgendwie hatte er das Gefühl, angekommen zu sein. Eine tiefe Zufriedenheit erfüllte ihn. Die Zeit der Unsicherheit und des Suchens war endgültig vorbei, sein Leben hatte eine Wendung erfahren. Von jetzt an würde er auch denen, die er liebte, das geben, was sie von ihm brauchten.

Leise öffnete er die Tür zum Kinderzimmer. Joseph schlief ruhig und fest. David trat an sein Bett und blickte auf ihn herab. Zum ersten Mal spürte er in der Tiefe seines Herzens, wie sehr er seinen Sohn liebte. Er zog ihm die Decke über die Schulter und verließ das Zimmer.

Kurze Zeit später saß David regungslos auf seinem Bett. Er hatte kein Licht gemacht, nur der schwache Schein der Straßenlaternen erhellte den Raum ein wenig. Etwas fehlte noch, und er wusste auch, was es war.

Er erhob sich und ging nach unten. Leise öffnete er die Tür des Gästezimmers und machte Licht. Audrey merkte nichts davon, friedlich schlummernd lag sie im Bett. David blieb eine Weile neben ihr stehen und sah sie an. Sie war wunderschön. Eine wundervolle Klarheit war mit dieser Nacht in sein Leben gekommen. Er wusste wie nie zuvor, dass er niemals jemand anders lieben konnte als Audrey.

Er schlug die Decke zurück und hob seine Frau aus dem Bett. Nur ganz allmählich erwachte sie, schien zu rätseln, ob das die Wirklichkeit war oder nur ein Traum. David war mit ihr schon längst auf der Treppe, als sie die Augen endlich ganz aufschlug und ihn neugierig ansah. Doch sie sagte nichts. Irgendwie spürte sie, dass er anders war als sonst und dass es richtig war. Auch für sie.

David legte seine Frau im ehelichen Bett ab, auf ihrer Seite, die nun so lange kalt geblieben war. Sie verharrte so, wie er sie hingelegt hatte. Dann legte er sich neben sie, rückte ganz nahe und schlang seinen Arm um sie. Audrey spürte seinen warmen Atem über ihre Wange streichen. Seine Hand zitterte.

„Was ist mit dir?“, fragte sie.

„Ich hatte einen schrecklichen Traum“, antwortete er, legte seine Stirn an ihre Schulter und schloss die Augen.

Audrey regte sich nicht. „Es ist alles gut“, sagte sie. „Der Traum ist vorüber.“ Sie nahm seine Hand und drückte sie. Allmählich wurde sie ruhig, das Zittern hörte auf.

Mehr sprachen sie nicht. Doch Audrey wusste, dass ihre Ehe gerettet war. Sie hätte nicht sagen können, woher ihr diese Gewissheit so plötzlich zugeflogen war. Sie wusste es einfach. Irgendetwas war in dieser Nacht mit ihrem Mann geschehen. Sie würde ihn nicht danach fragen. Sie würde es einfach annehmen wie ein Geschenk.

Audrey schloss die Augen. Die ganze Anspannung der letzten Jahre fielen von ihr ab. Tränen quollen aus ihren Augenwinkeln hervor und liefen über ihre Wangen. Tränen der Freude. Sie war glücklich. So glücklich wie noch nie zuvor in ihrem Leben.

Als Joseph am nächsten Morgen erwachte, fiel ihm als erstes auf, dass es nicht mehr regnete. Zwischen den immer noch dichten Wolken ließ sich sogar schon ab und zu die Sonne sehen. Joseph rieb sich den Schlaf aus den Augen und sprang aus dem Bett. Barfuß stieg er die Treppe hinab. Aus der Küche kamen die Stimmen seiner Eltern. Sie hörte sich heute Morgen irgendwie anders an.

Joseph blieb in der Küchentür stehen und sah die beiden an. Sein Vater hatte die Zeitung vor sich, aber er verschwendete kaum einen Blick daran, sondern sprach mit Audrey. Sie goss ihm gerade Kaffee ein und fragte, ob er noch einen Toast wolle. Wie die beiden sich die ganze Zeit anlächelten und anschauten, wie sanft ihre Stimmen waren – er konnte sich nicht erinnern, sie jemals so gesehen zu haben.

David und Audrey merkten schließlich, dass Joseph in der Tür stand und sie ansah. „Guten Morgen“, grüßten sie ihn. Joseph trat ein und setzte sich an seinen Platz. Er sagte noch immer nichts. So viel Harmonie und Freundlichkeit war ihm regelrecht unheimlich.

„Ich mach dir Arme Ritter", sagte Audrey da und ging an den Herd. Es blieb eine Weile still. David las in der Zeitung, wobei er einen Schluck Kaffee nahm. „Ich habe über Elijah Price nachgedacht", meinte Audrey dann, ohne sich umzusehen. „Wenn er sich noch mal blicken lässt, sollten wir besser die Polizei holen. Oder was denkst du, Joseph?" Da ihr Sohn nicht antwortete, sah sie sich über die Schulter nach ihm um. „Joseph", sagte sie dann mit Nachdruck.

Erst jetzt blickte er auf. „Ja, gut", sagte er leicht verwirrt. Audrey war zufrieden und wandte sich wieder ihrer Tätigkeit zu.

Unterdessen schüttete Joseph etwas Orangensaft in ein Glas. Da merkte er, wie sein Vater ihm die Zeitung zuschob. Er blickte auf, sah ihn an. David bedeutete ihm zu schweigen und sich die Zeitung anzusehen. Mit gerunzelter Stirn wandte Joseph sich der Zeitung zu.

Auf der Titelseite sah er die Zeichnung eines Mannes, der eine Kapuze über dem Kopf trug und zwei Kinder vor sich hatte, die er offensichtlich beschützte. „Unbekannter rettet zwei Kinder vor wahnsinnigem Mörder", stand als Schlagzeile darüber. Joseph blickte auf und sah seinen Vater fragend an. Der bat ihn mit einer Geste, sich den Artikel und das Bild genauer anzusehen. Erst jetzt bemerkte Joseph, dass das Gesicht des Mannes in der Zeitung eine gewisse Ähnlichkeit mit seinem Vater hatte. Und besaß er nicht auch einen Regenmantel mit einer solchen Kapuze? Trotzdem konnte er sich noch immer keinen Reim darauf machen, was das bedeuten sollte. Wieder sah er seinen Vater fragend an.

Beim Anblick seines Sohnes wurde David immer mehr von seinen Gefühl überwältigt. Schließlich war der

Junge der einzige gewesen, der an Elijahs Geschichte und vor allem an seinen Vater geglaubt hatte. Am liebsten hätte David ihn an sich gedrückt und ihm gesagt, wie Leid es ihm tat, dass er ihm nicht geglaubt hatte. Aber das konnte er nicht tun, denn Audrey sollte nichts von alldem erfahren. Deshalb versuchte er seinem Sohn mit Zeichensprache mitzuteilen, dass sein Vater der geheimnisvolle Retter sei. „Du hast Recht gehabt“, formten seine Lippen tonlos.

Fassungslos saß Joseph da. Meinte sein Vater das wirklich oder sollte das nur eine Form von Tröstung sein, deren Sinn er freilich nicht verstanden hätte? Je mehr er begriff, dass sein Vater das völlig ernst meinte, desto mehr wurde sein Herz von Freude überwältigt, desto mehr füllten seine Augen sich mit Tränen. Am liebsten hätte er sein Glück hinausgeschrien, doch David bezeigte ihm zu schweigen.

Klar, dachte Joseph und nickte zustimmend, Superhelden haben eine Geheimidentität, die unbedingt gewahrt bleiben muss.

Schweigend sahen Vater und Sohn sich an. Beide drängten mühsam die Tränen in ihren Augen zurück. Nun hatten sie ein Geheimnis, das sie mindestens ebenso sehr verbinden würde wie ihre Liebe.

13

Nachdenklich stand David auf dem Bürgersteig und beobachtete von der gegenüberliegenden Straßenseite aus das Gedränge in Elijahs Galerie. Der Schwarze feierte die Eröffnung seiner lang angekündigten Ausstellung. Und David fand, dass es an der Zeit war, ihm zu danken.

Er überquerte die Straße und trat in die Galerie. In kleinen Grüppchen gingen die Besucher vor den eingerahmten Zeichnungen auf und ab, sie hielten Getränke in der Hand und waren in angeregte Gespräche vertieft. Offenbar hatten Comics in allen gesellschaftlichen Schichten ihre Anhänger, denn David sah hier distinguierte Herrschaften ebenso wie einen Polizeibeamten in Uniform, der auf diese Weise offenbar seine Pause verbrachte.

Da bemerkte David Elijah. In gewohnter Haltung saß er in seinem Rollstuhl vor einem Bild und erklärte heftig gestikulierend dessen Bedeutung. Wenn er einmal ins Reden kam, nahm er kaum noch etwas von seiner Umgebung wahr. Kein Wunder also, dass er auch David nicht bemerkte. Dieser wollte ihn nicht stören und zog sich deshalb in eine Ecke zurück, wo das Gedränge weniger dicht war. Er betrachtete die Zeichnung, die hier an der Wand hing. Sie zeigte einen Schurken, der in einer Maschine mit vielen Knöpfen und Schaltern saß, durch die er offensichtlich seine heimtückischen Aktionen steuerte. Da er das Bild eingehend betrachtete, bemerkte David zuerst nicht, wie eine schwarze Lady in einem eleganten Kostüm auf ihn zutrat, die ungefähr Mitte sechzig sein mochte. „Das ist eine von Johann Davis' frühesten Zeichnungen", erklärte sie. „Beachten Sie die Augen des Schurken. Sie sind größer als die jeder anderen Figur. Auf diese Weise will der Zeichner auf die verzerrte Wahrnehmung der Welt hinweisen, die die Perspektive des Schurken bestimmt. Sie ist eben nicht normal."

David betrachtete sich das Gesicht des Bösewichts genauer. Je länger man ihn ansah, desto mehr verlor er seine Bedrohlichkeit.

„Er sieht nicht unbedingt furchteinflößend aus", sagte er.

„Das habe ich zu meinem Sohn auch gesagt. Er antwortete, es gäbe immer zwei Arten von Schurken. Einmal sind da die Soldaten, die den Helden mit ihren Muskeln und ihren Waffen bekämpfen und denen man ihre Gefährlichkeit auf den ersten Blick ansieht. Noch gefährlicher aber sind jene anderen, die äußerlich betrachtet harmlos wirken. Ich meine die hochintelligenten, abgrundtief bösen Erzschurken, die den Helden mit ihrem Geist bekämpfen. Vor ihnen muss er sich in Acht nehmen, denn nur sie können ihm wirklich das Wasser reichen."

Erst jetzt wandte David sich um und blickte in zwei Augen, die warmherzig, aber auch voller Stolz waren. Die Frau lächelte und nahm dann einen Schluck von ihrem Cocktail. „Sie sind Elijahs Mutter?", fragte David.

„Allerdings", erwiderte Mrs. Price. „Ich helfe ihm dabei, die Verkäufe abzuwickeln. So bleibt ihm mehr Zeit, sich mit den Dingen zu beschäftigen, die ihn wirklich interessieren."

„Es freut mich, Sie kennen zu lernen“, sagte David und hielt ihr seine Rechte hin. „Mein Name ist David Dunn.“

„Sie sind das“, entgegnete Mrs. Price, während sie Davids Hand drückte. Ihr Blick wanderte flink über seine Gestalt. „Elijah hat mir von Ihnen erzählt. Er sagte, Sie und er wären gerade dabei, Freundschaft zu schließen.“

„Wir *sind* Freunde“, bekräftigte David.

„Das ist schön.„ Mrs. Price's Blick verdüsterte sich. „Elijah hatte in seinem Leben nie Freunde. Ich dachte, er gebe nicht viel auf Freundschaften. Es macht mich glücklich, dass er seine Meinung darüber offensichtlich geändert hat.“ Sie sah David an und das Strahlen kehrte wieder in ihre Augen zurück.

Zwischen den vorüberschlendernden Gästen hindurch konnten David und Mrs. Price immer wieder einen Blick auf Elijah erhaschen, der in ein angeregtes Gespräch vertieft war. Noch nie hatte Mrs. Price ihren Sohn so glücklich und ausgeglichen erlebt wie an diesem Abend.

„Er scheint sich heute wohl zu fühlen“, sagte David.

Mrs. Price nickte. „Ich bin sehr stolz auf ihn“, sagte sie. „Ich weiß nicht, ob er Ihnen davon erzählt hat, aber er musste in seinem Leben viel durchmachen. Es gab Zeiten, da dachte ich, er sei zerbrochen, ich meine innerlich. Das war wirklich schlimm. Aber etwas hat ihn immer wieder aufgerichtet: sein unbeugsamer Wille. Man sagt, der Glaube versetze Berge. Ein eiserner Wille ganze Welten.“ „Er ist eine Art Wunder.“

David spürte, wie wohl diese Worte der Anerkennung der Frau taten. „Ja, das ist er“, bestätigte sie mit

Nachdruck und Bewegung in der Stimme. Schweigend betrachteten sie beide Elijah, der völlig in seinem Element war. Sein Charisma setzte die ganze Galerie in eine eigentümliche Spannung. Dann brach Mrs. Price die Stille, indem sie mitteilte: „Ich werde Elijah sagen, dass Sie hier sind."

David sah Mrs. Price nach. Sie blieb hinter Elijahs Rollstuhl stehen und wartete, bis ihr Sohn sein Gespräch beendet hatte. Unterdessen wandte er sich wieder dem Bild an der Wand zu. Es übte eine eigenartige Anziehungskraft aus. Vor allem die Augen des Bösewichts zogen den Betrachter in ihren Bann, sie wirkten irgendwie faszinierend. Erst jetzt fiel David auf, dass die Maschine, in der er saß Räder hatte. Er schaute wieder zu Elijah und musste schmunzeln. Hatte er in seinem Rollstuhl nicht eine frappierende Ähnlichkeit mit diesem Schurken? David wollte ihn bei Gelegenheit darauf hinweisen.

Inzwischen hatte Elijah sein Gespräch beendet. Mrs. Price beugte sich zu ihrem Sohn hinab und sprach mit ihm, deutete dabei in Davids Richtung. Elijah wandte den Kopf. Als er David erblickte, begrüßte er ihn mit einem freundlichen Lächeln, wendete seinen Rollstuhl und bedeutete ihm mit einer Handbewegung, ihm zu folgen.

Im Abstand von einigen Metern ging David hinter Elijah her. Sie verließen die überfüllten Ausstellungsräume, durchquerten einen langen Gang, der an Lagerräumen vorbeiführte und zugestellt war mit Regalen voller Comics. Es mussten viele Tausende sein.

Am Ende des Ganges erreichten sie einen großzügig geschnittenen Raum, der offenbar Elijahs persönlichsten

Bereich darstellte. Auch hier fanden sich stapelweise Comics, ein Schreibtisch war über und über mit Büchern, Zetteln und Zeitungen bedeckt, an einer Pinwand hingen verschiedene Zeitungsausschnitte: allesamt Artikel über schwere Katastrophen, darunter auch das Zugunglück des Eastrail-Zuges 177.

Elijah und David sahen sich lange an. Dann griff der Schwarze nach einer Zeitung auf dem Schreibtisch und hielt sie David hin. Gleichmütig sah David auf die Zeichnung, die ihn und die beiden geretteten Kinder zeigte.

„Es hat begonnen", sagte Elijah mit einem Funkeln in den Augen. „Sagen Sie mir: Fühlten Sie heute Morgen noch immer diese Traurigkeit, von der Sie mir erzählten?" Als David auf seine Frage den Kopf schüttelte, trat ein zufriedenes Lächeln auf Elijahs Gesicht. Er legte die Zeitung in seinen Schoß und betrachtete noch einmal die Zeichnung. Seine Lippen schienen Worte zu formen, unergründliche Worte. Dann blickte er wieder auf, sah David in die Augen.

„Es ist wohl an der Zeit", sagte er, „dass wir uns die Hände reichen."

Er streckte die Hand aus.

David verharrte zunächst regungslos. Er betrachtete das Lächeln auf Elijahs Gesicht. Es wirkte hintergründig, irgendwie undurchschaubar. Ebenso das Funkeln in seinen Augen. Dann sah er auf die hingestreckte Hand, die wie immer in einem schwarzen Handschuh steckte. Schließlich fuhr Davids Rechte vor, um den Bund zu besiegeln.

Kaum hatten ihre Hände sich berührt, ging ein Ruck durch David. Er wurde aus der Gegenwart heraus- und in eine völlig andere Szenerie hineingeworfen.

Der Flughafen von Philadelphia. Menschen warteten an einem Gate auf ihren Abflug. Manche saßen auf den Plastikbänken, andere standen an den Glasscheiben und sahen den startenden Flugzeugen zu.

Da erschütterte eine Expolsion die gesamte Halle. Die Leute am Fenster schrien auf. Die auf den Sitzen duckten sich zuerst, wandten dann die Köpfe und sprangen hoch. Was war geschehen? „Ein Flugzeuge, beim Start explodiert“, wurde gerufen. Draußen auf der Startbahn loderte ein Feuerball.

Nur ein Mann war die ganze Zeit sitzen geblieben. Niemand achtete auf ihn. Während draußen die Sirenen heulten, stand er auf und ging davon, begleitet vom Klack-klack seines Stockes. Elijah Price.

David erschrak. Verwirrt sah er Elijah an, dessen Mundwinkel sich zu einem verschlagenen Lächeln verzogen. David wollte seine Hand wegziehen, doch Elijah hielt sie fest.

Wieder lief ein Zucken durch Davids Körper.

Er sah eine Bar vor sich. Am Tresen hing ein Mann mittleren Alters, der offenbar schon eine Reihe von Drinks genommen hatte. Seine Uniform wies ihn als Sicherheitsbeamten aus.

„Ich kenne alle Schwachpunkte dieses Hotels“, lallte er. „Schließlich arbeite ich seit fünfundzwanzig Jahren dort. Da bleibt einem nichts verborgen.“

Der Mann, der neben ihm saß, wandte den Kopf. „Schwachpunkte?“, fragte er. Der Uniformierte winkte ihn mit einer Geste näher an sich heran. „Wenn in der ersten, zweiten oder dritten Etage jemals ein Feuer ausbrechen sollte“, flüsterte er, „wäre das eine Katastrophe. Keiner käme da lebend raus, keiner.“

Der andere nickte. Er legte ein paar Dollarnoten auf den Tresen, signalisierte dem Barkeeper, dass die Drinks des Uniformierten ebenfalls auf seine Rechnung gingen.

Dann verließ er, begleitet vom Klack-klack seines Stockes, die Bar. Elijah Price.

Nur ganz allmählich verstand David. Atemloser Schrecken ergriff Besitz von ihm. Elijahs Hand indes schloss sich immer fester um die seine, so als wolle sie sie nie mehr loslassen. Inzwischen schob sich ein neues Bild vor Davids Augen.

Der Zug Eastrail 177 am Bahnsteig, lange vor der Abfahrt in New York. Ein Mann trat aus dem Führerstand des Triebwagens. Gerade als der Lokführer herankam. „He", rief er dem Mann zu, „Passagiere haben zum Führerstand keinen Zutritt!"

Der Mann achtete nicht auf ihn, sondern ging einfach weiter. Das Klack-klack seines Spazierstockes klang auf dem Pflaster des Bahnsteiges. Elijah Price.

Nun, da David alles wusste, gab Elijah endlich seine Hand frei. Benommen wich David einen Schritt zurück. Er musste sich an einem Regal abstützen.

Unterdessen machte Elijah mit seinem Rollstuhl eine Drehung und fuhr an seinen Arbeitstisch. Erst jetzt betrachtete David die darauﬂiegenden Bücher genauer. Es handelte sich um technische Lehrbücher über die Funktionsweise von Zügen und Flugzeugen. Außerdem lagen Konstruktionszeichnungen auf dem Tisch. Elijah hatte sich also vor jedem seiner Anschläge genaustens informiert, um nur ja keinen Fehler zu machen. Die Zeitungsausschnitte über die Katastrophen erhielten plötzlich eine völlig andere schreckliche Bedeutung. Aber warum?, fragte sich David.

„Wissen Sie, was das Furchtbarste ist, das einem Menschen passieren kann?“, sagte Elijah, während er ausdruckslos vor sich hinschaute. „Seinen Platz in der Welt nicht zu kennen. Nicht zu wissen, warum man hier ist. Das ist die schlimmste Ungewissheit, die es gibt. Wir beide haben das erfahren.“

Er wandte den Kopf und sah David an. Der jedoch wankte zurück. Seine Augen füllten sich mit Tränen. Er konnte es einfach nicht begreifen. „Was haben Sie nur getan?“, fragte er fassungslos und mit brüchiger Stimme.

„Ich hatte die Hoffnung schon fast aufgegeben.“ In Elijahs Stimme spiegelte sich die Trostlosigkeit jener Zeit wider.

„Was haben Sie getan?“, fragte David erneut, diesmal nachdrücklicher.

„Immer wieder habe ich mir dieselbe Frage gestellt.“

„Sie haben all diese Menschen umgebracht.“

Elijah hörte nicht auf David. „Aber dann habe ich Sie gefunden“, meinte er nur. „So viele Opfer waren nötig, um Sie zu finden.“ Der Glanz war in seine Augen zurückgekehrt. Ein Glanz, der dem Wahnsinn entsprang. Wieso nur hatte David das nicht früher bemerkt? Erschüttert sank er in sich zusammen. Doch Elijah rollte auf ihn zu. Er sah David eindringlich an.

„Jetzt, da wir wissen, wer Sie sind“, sagte er, „wissen wir auch, wer *ich* bin. Ich bin kein Fehler.“

David ertrug es nicht länger. Der Raum schien über ihm zusammenstürzen zu wollen. Er musste hier raus, und zwar so schnell wie möglich. Ohne weiter auf Elijah zu achten, drehte er sich um und lief davon.

„Sehen Sie es denn nicht?“, rief der Schwarze ihm hinterher. „Es passt alles zusammen. Woran erkennt man in einem Comic von Anfang an den Erzschurken? Er ist das genaue Gegenteil des Helden. Meistens ist er sogar ein Freund – genau wie Sie und ich."

David hörte es, aber er ging einfach weiter. Elijah war wahnsinnig. Er war es immer gewesen. Während er den Gang zurückging, wurden die Stimmen der Menschen im Ausstellungsraum immer deutlicher vernehmbar. Trotzdem verstand er jedes von Elijahs Worten, die dieser ihm hinterherrief:

„Ich hätte es mir schon lange denken können. Und wissen Sie, weshalb, David? Wegen der Kinder. Sie nannten mich Mr. Glas."

EPILOG

In Elijahs Arbeitszimmer wurden genügend Beweise gefunden, um ihn seiner grauenvollen Taten zu überführen. Er gestand vor der Polizei alles ein, schwieg aber zu seinen Motiven. Ihm war klar, dass niemand ihm geglaubt hätte. Nach eingehender psychiatrischer Untersuchung wurde er zur Sicherheitsverwahrung in eine Anstalt gebracht.

David besuchte Elijah gelegentlich. Manchmal fand er ihn dumpf vor sich hinbrütend, dann wieder redete er davon, dass der Tag des entscheidenden Kampfes zwischen ihnen beiden noch kommen werden. „Ich liebe Sie, David“, sagte er zum Abschied, „wie einen Bruder.“ Die Tränen in seinen Augen ließen keinen Zweifel an der Aufrichtigkeit dieser Worte.

Elijah blieb letztlich für alle, die ihn kannten, ein Mysterium. Er hatte David zu seiner Bestimmung geführt, die darin bestand, Menschen aus der Gefahr zu retten. Dennoch entstammte sein Weltbild ganz seinem Wahnsinn. All seine Annahmen waren falsch gewesen, und doch war er damit zumindest in einem Punkt zu einem richtigen Schluss gekommen: Wer David war.

Eines Tages nun schickte Elijah David aus der Anstalt ein Comicheft. Es war die Geschichte eines Wahnsinnigen, der mit einer Wunderwaffe die Welt vernichten wollte. Auf einer Begleitkarte, die den Aufdruck „Limited Edition“ trug, obwohl die Galerie längst geschlossen war, stand in Elijahs Handschrift: „Die meisten der wirklich großartigen Schurken sind wahnsinnig, David. Wussten Sie das nicht? Ich freue mich schon auf unser Wiedersehen. Elijah."

www.tvspielfilm.de
Wir lesen was,
was Du nicht liest!
TV SPIELFILM holen. Nur das Beste sehen.
TV SPIELFILM
Alle Filme mit